里下河生态文学写作计划丛书

跫 音

金 倜◎著

中国民族文化出版社

北 京

金锡，1963 年出生。

毕业于扬州教育学院历史专业。

就职于地方媒体。

业余从事文学创作，有小说、散文作品面世，更多的时间专注于诗歌创作，出版有诗集《倾诉》《慢慢弯曲》。

序：大地歌者

金旸

　　受到爸爸的委托，让我为《跫音》作序。作为一个早已偏离以文学为业的 90 后，我自感惭愧，因为爸爸的诗是年轻一代所陌生的一泓清泉，似乎与当下距离甚远；然而跟随爸爸诗歌的地理韵脚，我又相信，这样的诗不仅曾经开启我个人的语言密码，在摄影、绘图技术日益发达的今天，也应该成为文字不会消失于读图时代的佐证；不仅以一位父亲的名义，构成了我人生的风景，还以一位诗人的名义，做永不褪色的自然书写。

　　生于长江中下游腹地的平原，家乡兴化以安宁的水域、丰茂的苇草和宽阔的天空给了我们几代人栖居的家园。安详、没有风浪的日子，同时也意味着这里没有那么奇谲深秀的地质景观。因此，从西北的高原到巴楚山景，从内蒙古草原到闽越村落，便以奇异的山川日月、瑰丽的神灵想象留在爸爸的笔端。他曾经几次对我说过，我们是成吉思汗的后裔，无论是出于相貌特征，还是出于对阿赫马托娃的热爱，或者，是对走出平原、走出安逸的浪漫主义的渴望，在诗的层面这一定是成立的：

出生在枯草期的小骆驼
被风沙迷住了双眼
这个被仇恨践踏的世界呀
为什么找不到母亲的乳房

《长调：哭泣的骆驼》

爸爸对风、水和月亮的感知是如此神异，完全不同于"寒塘渡鹤影"式的传统江南书写。在异域的灿烂风景中看见粗粝的祖先和温柔的母神，是他对山川的天然感应。他自然把这样的感应传给了我。在我刚接触文学的时候，他推荐给我的多是苏联作家，普里什文、康·巴乌斯托夫斯基、艾特玛托夫，这些瑰丽壮阔的大自然书写，扩宽了12岁女孩的心灵世界，在县城的童年之中，除了有限的空间、物质生活和学业压力，我还可以梦见牧神，知道一些北寒带的树木和鸟类，听见经年的坚冰融化。斯拉夫文学可贵的自然主义传统影响了他，也间接地影响了我。爸爸的地理诗歌书写，从来也不是儒家的"差序格局"，而是充满了东正教式的自白、北方萨满的神秘、藏传佛教的温厚，以及万物有灵的史前神话色彩：

你说，抬起头来
于是，诺日朗双目如瀑
你说，举杯豪饮
于是，纳木错酣畅淋漓
你把权杖举过头顶
威仪的高原呈现洁白的宁静

你召唤光

于是，一切光明都拥挤在你的周围

你需要夜晚

于是，酥油灯照彻你智者的前额

《藏王舞》

因此，每一次旅行，都是一次彻底的出离，而每一次书写，都类似于一次朝拜。由西北到东南，爸爸真的去了不少地方，从西北到东南，他追随着自然之母，是那些溪流山谷、花草树木忠实的歌者。在途中，他抛下的不仅仅是俗世的生活，还有生活中的尘土，而成为清洁。爸爸是个真清洁的人。生于20世纪60年代，时代坎坷，必然也有些艰苦的成长经历，但他选择以诗歌镇痛，以文字濯洗，另辟一个世界。这是作为朝夕相处的女儿本能地感知到的。当他写作的时候，他就"已经失踪，被拐卖、抵押给了另一个世界"。他的"文学洁癖"是这样严重，以至于在读到这些描写的时候，我感到身处一个吉祥、清净、美好的天堂，而我们这一代人所选择的生活与我们的心灵，与之相比显得嘈杂而混沌：

是怎样的热情哺育了纯净的诗人

需要多少鲜花去装点青春期的梦境

命运为什么在这片海陆之地

留下了我被风吹斜的身影

《1994年春》

父亲把沿途的风景带回了家。在对家乡以及周边江南、江北一带的抒写中，我看到他的交游际遇，他的旧日回溯和一个里下河诗人的哲学考量。父亲给我取名"旸"字，与扬州的"扬"同音，这几乎是我所能想到的最精美、最重要的汉字了。要知道古扬州的概念并非如今的扬州市所辖地，扬州为"九州"之一，包括淮河以南、长江流域及岭南地区，见证了瑰丽的大唐，孕育了繁盛的江南文化，承载着运河的兴衰，扬州意味着文明和现代，以至于古代的文人不仅要"扬州生"，更要"扬州死"。江苏省内至今还有多处地名继承"扬"音，如溧阳、射阳湖、丹阳等。因此，父亲笔下无论是苏南还是苏北的书写，都仿佛带着扬州文化的那一抹月影。我们闻得苏北的酒香和洁白滩涂空气中的盐，也眺望着扬州城里的烟花青春、苍老的繁华，来到江南的村庄和炊烟之中，不过最醇香、最适合我的脾胃的，还是关于家乡兴化的诗行：

　　　　我的血脉是你的支流
　　　　你哺育了我缄默懵懂的少年
　　　　在你侧身而立的树冠上
　　　　有我一生无法企及的高度
　　　　炊烟袅袅，那座叫作乌金的村庄
　　　　就是我生长期唯一的新衣裳
　　　　我记得它淡青的颜色
　　　　和两只长过指尖的袖笼
　　　　覆盖着我露水一样短暂的秘密

　　　　　　　　　　　　　　　　　　《梓辛河》

父亲经常提起这个叫"乌金"的村庄，是他童年时生活过的地方，从有关乌金村的描写中，我不仅看到了构成父亲人格的全部元素：河流、树木、芦苇丛、炊烟，还看到诗歌如何令一段记忆、一个地方获得真正的尊严。中国有如此众多的地理行政单位，而随着城市化的发展，越来越多的无名村落退出历史舞台，穷此一生我们也不可能去到访、去记录、去维护。在一些记忆被人类学家、社会学家和政治家进行度量和评价的时候，更多的记忆由于来不及被整理而失丧，或者被"脱贫村""小康村""旅游重点村"等标记，几经改名、重新规划；即便生活在城市里，我们也几乎无法区分，因为每个城市的"开发区"看上去简直一模一样。我时常听父亲回忆、描述记忆中的乌金村，我没有去过，也不必去过那里，但那里也悄悄地贮藏了我自己的想念和向往，有"挂满山墙的山药果"（《我还能说什么》），还有"田野里摇曳的花朵"（《记忆：乌金村的腊月》），面对这些清脆、悠远而又私人化的意象，除了诗歌，别的形式的记录甚至都是残酷的。父亲的诗歌给了我关于土地最亲切和感性的认识，他在诗歌中获得来自童年的启示，也通过诗歌为记忆和土地命名。

斯为序。

2020 年 3 月 21 日

目　录

第二辑　草原上的黄金家族

第三辑　中原直至大海

第四辑　南国之南

第五辑　浙山浙水

第八辑　苏北，苏北

第九辑 苏北向南

第十辑 骑鹤下扬州

第一辑　我的西中国

九寨沟（组诗）

藏　寨

卓玛用露水的手指
打开了童话的黎明

酥油的藏寨
揖客迎迓吉祥再次涉水而来

好风轻抚的早晨
黄金的歌声遍地翩跹

我已经一万次梦见你聆听你描摹你
今天我要乘上你鹰的翅膀飞翔

经　幡

在风的羽毛上
我倾听幽远的祝祷

在玛尼堆的俯视下
我说尽内心的渴望

风吹动一次
我的灵魂就感恩一次

风再吹动一次
我的精神就润泽一次

风不停息地吹过
大地和大地怀中的万物
都开始吟咏

原始森林

你把阳光铸成纯银的箭矢
你把云彩托举到天堂

你把雪峰垫在脚下
你把悠久融化在内心

时空的十字架已经朽坍
没有更改的是舒展依旧的枝桠

叶片的铃声在目光的抽动下摇响
无边的寂寞在愚钝的思索中喧嚣

上苍赐予你种子
你生长出昨天、今天和明天

你是唯一的上升
你必将见证沧桑万万年

雪　峰

美丽的冷艳
是高傲，是永不可及

雪中之雪，峰上之峰，美丽中的美丽
你从亘古永恒的云头驾临

你是巨大的冠冕悬在神圣的头上
接受我们吉祥温顺的膜拜

蓝天是你的纯洁，云朵是你的歌声
你的胴体散发着宽厚、仁慈的回响

你凝眸的地方是水
你召唤的地方是故乡

你坚守着恒久的希冀
这样，我为你放牧牛羊

藏王舞

你从金雕玉镂的宝座上起身
永恒的太阳开始把激情的光芒
撒向俯伏的群山、奔腾的河流
还有我们——你呵护的臣民

你说，你的心脏安放在起伏不定的雪峰之上
你说，你的焦虑跳跃在广袤无边的藏北草原
你命令山脉从四周生长耸立
你让星辰在天湖的波涛中滚动

雄鹰展开琴弦的翅翼
骏马击响鼓点的奔驰
藏红花掀起锅庄的盖头
草原，无边的草原在你的手指下幸福地律动

音乐在隐隐上升
生命和呼吸慢慢被融化、迷失
歌声从天空传来
懵懂的心灵再次从茫然中睁开双眼
舞蹈的裙裾搅起团团岁月的尘埃
宝石、银饰和弯刀
闪烁着记忆的辉煌和荣耀

你说，抬起头来

于是，诺日朗双目如瀑

你说，举杯豪饮

于是，纳木错酣畅淋漓

你把权杖举过头顶

威仪的高原呈现洁白的宁静

你召唤光

于是，一切光明都拥挤在你的周围

你需要夜晚

于是，酥油灯照彻你智者的前额

赞美呀，赞普

一切生命都已经苏醒并且欢呼

赞美呀，赞普

亘古直至未来的岁月必将永远

赞美呀，万年的赞普

新生的和凋落的都将在你的座前灿烂

青海，我和你站在同一高度（组诗）

日月山诗草

三千八百米的绝对高度

我用一千年的光阴仰望

你的袭地长裙

你的婀娜身姿

你丰腴如脂的裸肩

你慈爱温和的脸庞

还有你隐隐忧伤的眼神

未央宫的金弦银瑟

转眼之间已经变成大漠之上的胡笳呜咽

骊山脚下的锦衣玉食

也已风化成西域路上的满眼黄沙

已经走过了一万里

还有多少无尽的路

要是想起春天了

你就捧出随身带来的种籽

它会在你的泪水里开花

它的香气会弥漫你的衣襟

要是想起法门寺的钟声

你就架起随行的纺车

听一听龙木旋转时渗溢出来的歌唱

如果因为想念，你果真身心俱累

那么，中原来的每一棵草都是你的良药

你走过的路已经消失

你唱过的歌已经沙哑

你喝过的水已经干涸

你怀里的明镜也不能照见

威仪的父皇、温柔的娘亲

逶迤的城墙和灞桥的柳色

三千八百米之上的天空

太阳是你的左眼

月亮是你的右眼

倒淌河的流水是你绵延不绝的

相思和悲伤

大唐来的公主

历史爱着你，长安爱着你，吐蕃爱着你，松赞干布爱着你

今天，我也深深地爱着你

美丽的文成公主

泽库草原

这里就是我曾经梦到过的地方

鲜黄的蘑菇

就是我错落有致的帐房

有一条浅浅的溪流

出现在我似曾相识的天边

清冽的泽库河呀

纯净得如同天堂的泪腺

各种颜色的花朵

都是我从未见过的芳菲

倒是主人的一句话

像一束阳光刺穿了我的愚蒙

——草原上的花儿都叫

格桑花

我能肯定我的前世

曾经是这大草原上的一匹马

我今生的理想

就是在这样的草原上

拥有明媚的阳光和温暖的家

就算夜晚来临

我也能听到遥远的歌声

在金银滩的上空流淌

青海湖

今夜，我终于来到你的身边

青海湖！是谁在你的湖心诞生

是谁为我弹奏起遥远的牧歌

一排排细浪像一根根弦
卓玛，我总在想念你玉石一样的指尖
如何拨动我谦卑的心

今夜，谁是浪花
谁就是端庄优美的鱼
谁就是湖边无垠的油菜花

我轻轻抱着你的双肩
我看到了远去的春天在流泪

青稞像澄碧的昆仑玉一样沉静
只有泛滥的油菜花
在我的梦里灿烂如靥

你看看我的十根手指头
你看看我的十个秋天
你看看我的十首绝望的歌
你一定会看到我慌乱的手指
在不停地颤抖

青海湖，月光之下的青海湖
在你纯蓝的眼眸里
天空和湖水融化着我亘古不变的情怀

纯蓝的青海湖，你让我想起梦游的羊群
想起孤单的狼
我还看到了幽远的天边一盏微弱的灯

如果说菜花是我前世的阳光
那么，这汹涌而来的湖水
就是我今生的废墟

今夜，雪山之上一定潜伏着
我急切等待的马蹄
湖边的篝火已经照见我疲惫的驼队

青海湖的水才是最接近天堂的水
每一声浪涛都传递着天上的声音

请不要在日出之前醒来
我要以虔诚的姿态
接受圣湖最隆重的恩赐和安慰
我要像一粒金沙
慢慢沉入我无限向往的湖底

寂寞坎布拉

再漫长的时光于你而言

都是少不更事的孩子
你从岁月之外寂寞而来

坎布拉
这应该是一个音译过来的名字
难道是你高山仰止的暗红
抑或是你异峰突起的奇崛

但我更觉得
你是人类生命史上的沧海
你玫瑰一样的名字叫丹霞

雨水伴着滚石
沉默的坎布拉寂静得只剩下心跳

海拔四千米以上
高度已经不再是高度
恰如这深秋时节的森林
黄金的落叶铺满谷地
所有的雨水只剩下彩虹

比古老还要古老的坎布拉
没有苍老的皴裂，只有图腾的肃穆
只有仙境的华美，空旷而磅礴

比思想还要深邃

比生命还要庄重
比爱还要疼痛

寂寞坎布拉
也许就是因为你比岁月还要悠久
比血液还要鲜红
你才这样执着，夜夜入梦

隆务河畔的扬州客

突然想起三千里外的左海波
想起那个已经不会说扬州话的烟鬼
那年青稞成熟的季节
隆务河分外清澈
左海波说八月的黄南很少下雨的
他这样说是因为那天夜里下了大雨
清晨的隆务寺像尘世之海的一座宝岛
那么干净，又那么安静

顺着转经筒旋转的方向
我们穿过隆务大寺七百年的历史
跪拜在佛主尊前
左海波告诉我们，夏日仓活佛正在闭关
大寺做功课的喇嘛轮值
为净水碗注水

也为礼佛的香客点亮开启智慧的酥油灯

寺院里的杏树在微凉的风中摇动

偶尔有一两片叶子从殿前飘落

佛堂前的杏子也是在初夏时节落果吗

我在转动油亮的转经筒的时候

想起闭关的活佛，他是以怎样的寂寞

抵御雪山一样沉重漆黑的寂寞

在他那沉寂的世界里，声音是一条河，还是一座山

佛主又是通过什么方式告诉他度尽苦厄普度众生

左海波说，在黄南，在这个僧俗共享的世界

最辛苦的有两个人

一是天天在后山上牧羊的多吉才让

还有就是为我们黄南祈福的夏日仓活佛

三千里山河像一群野马驰向我的梦境

我又看到了青藏群峰

看到了山顶上终年不化的雪

看到了戴着近视眼镜已经高原化了的扬州客

我还听到了隆务河波浪拍打波浪的声音

起风了，星星在天空里晃动，世界多么安祥

在这个深夜，因为故人，因为遥远的黄南

我忍不住流泪

唐　卡

从青海回来
我一直守着一幅唐卡
那至高无上的金黄
那些令人畏惧的天神
那些鲜红的脸庞
那些漆黑的眼
还有白度母比雪峰更高贵的衣衫
净手合十
一闭上眼睛我就回到了吾屯下寺

热贡是一个多么美妙的地方
群山环护
大地把自己最肥沃的部分
铺陈在黄南腹地
太阳也把自己最纯粹的光洒在这里

我相信，唐卡上面任意一条线
都能把我与神连到一起
那不经意的一个眼神
就能看穿世俗厚积的烟尘
观世音指尖的一滴甘露
足以凿开顽石的心扉

来自黄金谷地的唐卡

覆盖着无名诗人最孤独的时刻
我变得如此微小
如果有一天，神的世界訇然洞开
请允许我坚持以诗的方式
赞美！

觉　姆

宝石和黄金堆砌不出你的华贵
海子和雪山勾勒不出你的美丽
觉姆——你不需要歌唱
我已经听到羚羊清越的咩叫
波浪一样翻卷的蹄阵
让我的心今生不得安宁
你紫黑的脸庞
为我们还原太阳本初的光芒
东山上的未生娘
今夜是否还会唱起缠绵的情诗
说一说传奇的秘史
你洁白的眼眸是积雪的大地
燃指敬佛的人
在那里留下孤独的脚印
你穿越过去、今生和未来的眼神
让我尘埃一样的生命终究归于
尘埃

致玉树

北纬 33.1 度，东经 96.7 度
我一直都在抚摸
我身体的这个部位

这是怎样的疼痛
疼得我一直在不停地掉泪
我的身体的这个部分
曾经是我幻想的源头
我对江河的认知
对纯净的天空和广袤的牧场的认识
对雄鹰和悬崖的感知
对经幡和梵呗的虔诚
都来自我身体这个敏感而柔软的器官

北纬 33.1 度，东经 96.7 度
我一直都在抚摸
我身体的这个部位

怎么说疼就疼得如此揪心呢
怎么说损毁就一下子损毁了呢
我感觉到了鲜血淋漓
感觉到了直通心脏的神经酸痛难忍

感觉到了天旋地转
甚至感觉到了绝望和麻木

北纬 33.1 度，东经 96.7 度
我一直都在抚摸
我身体的这个部位

我拒绝切除
要像保全利吉群藏老阿妈的下肢一样
我要看到我纯蓝的经络
像澜沧江的早晨一样安静
我要看到我的肌肤
比牦牛奶还要润泽而鲜活
我要看到我的毛发
像我的玉树草原一样葱茏

北纬 33.1 度，东经 96.7 度
我一直都在抚摸
我身体的这个部位

我的手指总是颤抖不已
废墟之下的黎明
废墟之下的梦想
废墟之下的呼吸
废墟之下的泪水
我多想能够真切地抚遍

我的声音总是哽咽
我不担心嘶哑的声带渗出鲜血
我唯一害怕的是
我的呼号没有回音

北纬 33.1 度，东经 96.7 度
我一直都在抚摸
我身体的这个部位

我请求
让所有的血液都流向这里
让最敏感的神经都汇聚到这里
让最富生机的肌体都生长在这里
最后我请求
把我生命的这个器官
叫作 4 月 14 日

诞 生

从最高的雪山上
从最远的河谷里
从开满格桑花的草滩
从莲花蕊中
从遥远的过去了的时光
你呈现出生命最原本的
美好和快乐

我们不能想象
七轮太阳同时照耀
大地会展示怎样的辉煌
云彩会在那样的时刻
穿上怎样的衣裙
那一刻，神灵是否会听见
我们的心动

我们更不能想象
七轮太阳同时炙烤
生命会经受怎样的煎熬
灵魂会在疼痛中
说出多少秘密
那一刻，我们能否看见

神灵的倦容

没有往昔的长夜
怎么才能点亮今日的灯火
请你告诉我
生命是劫是缘

那　年

那年我在遥远的西北
风比这个冬天呼啸而来的寒流还要锋利
我守在八一中学的操场上
看到一只雪鸦在我的头顶盘旋
异乡人的寂寞比远处昆仑山口的积雪还要悲伤

那年我在遥远的格尔木
那里是铁路西去的终点，是火车的家
每一个酒醉后的夜晚
我都企图摸一摸天边的星星，想唱上一支歌
我还记得用苏北方言猜拳，让一群西北汉子笑翻了天

那年我在西北飘满羊膻味的小巷里
对着烤羊肉的炭火讨取那个深夜我难忘的温暖
卖羊肉的老人来自更遥远的新疆
夜比深渊还要深呀，他用蹩脚的汉语对我说
我们是多么好的兄弟

岁月已经转身远走
那年的春天我已经回到温和而富足的家乡
但是每当冬天到来的时候我都感觉到心口的疼痛
我会在忧伤的梦里唱上一支花儿
——这世界上最甜美的情歌

致天上的羊群

就这样慢慢、慢慢地飘吧

把大地上的青草随身带上

把大地上的河流也随身带着

天空为什么如此澄碧

没有羊群的天空该是如何寂寞

就这样慢慢、慢慢地飘吧

高高在上的牧场里没有豺狼

夜晚的格桑花更加芬芳

多么洁白——

连天上的影子都是如此洁白

我就是大地上最后的牧童

用全部的力量追随你们的步伐

我还把我茂盛的梦想系在羊群的颈下

在未来的路上听你们叮叮当当

从雪山那边回来的人

亲，雪山是否不再退却

洁白依然停留在你的梦里

岁月突然变得如此年轻

而我们也随之身心清朗

为什么融化，亲，峰峦奇绝

让陡峭的巨石飞起来

变成一朵云飞进你的记忆

让一朵雪花落下来

变成一条河，我会在众多河流里

认出那沁人心脾的清凉

雪山是我们尊贵的客人

犹如那些快乐和忧伤的时光

我赞美世界的时候

世界是那样荒凉

我为世界的荒凉而心存忧戚的时候

世界以她的纯洁和坦诚

显现无与伦比的美好和热情

叼羊记

群山陡然闪开
骏马像雪崩一样汹涌而来
诸神聚集的帕米尔高原
请检阅你的子孙和他们的灵魂

这是塔吉克奶水丰沛的草原
这是塔吉克草原最盛大的舞会
万鼓齐擂，每一声鼓点都在呼唤
不肯离去的亡魂
铁蹄激越，每一次腾跃都是汗血马
飞向蓝天的愿望

神鹰在云端盘旋
它们才是古老高原强悍的心脏
马蹄在草原翻滚
大地上开遍带血的格桑花

请不要跟一匹马对视
它忧郁的眼睛里盛满了圣湖的蓝靛
仰天长啸
全世界都听到了那些苦难和忧伤

圣洁雪白的羊羔
你在山与山之间传递
你在云与云之间飘荡
你是塔吉克人欢乐的精灵

塔吉克的大地就是你仁慈的祭坛
塔吉克的儿女为你尽情欢呼

诸神在上
草原和雪峰是你的家园
牛羊与万物是你的子嗣
忧伤俯身，听欢歌笑语飞扬
黄昏让路，看篝火越烧越旺

喧嚣归于宁静
火焰归于灰烬
唯有塔吉克的汉子头顶明月
领着群星向着黎明前进

秦腔（组诗）

谒轩辕陵

从一千五百公里之外

赶过来，会晤今年初春

第一次花期

了却我二十年前萌生的宿愿

鲜花开满您的身躯

时果遍及您的大地

在您巨大足迹的覆盖下

我献出一个子民对您的全部敬畏

天和地就是您的圣殿

寂寞的声音从五千年之外浮动而来

人文初祖

请接受我一万次的跪拜

我躬身向地，五体归您

相信您已经听到我灵魂深处

最虔诚的默祷

未央歌

所有的词汇都在憔悴

未央在三秦的峁梁上款款而行

旖旎的也梦幻的未央
忧愁的也哀怨的未央

浩大的御辇风动长安
一双美丽的眸子望穿征战不归的将军

愁心向谁？胡笳的未央
日月不照，寒铎的未央

未央的城阙荒草覆盖着斜阳
未央的笙歌每一次顿挫都疼得揪心

长安未央
我不辞千里万里只为你未央的容颜

华　　山

你是我想象中的一座宫殿
我终于在这个春天
将你于梦中描绘出来

你的危险是无法预知的
就像面对一朵神秘的花儿

无法说出致命的毒腺
是隐藏在娇艳的色彩中
还是在不可捉摸的芳香里

左边是悬崖
右边也是
前面是笔立的道路
而后面是我无法看见的石阶

我突然觉得应该打个电话
我的脑海里
除了翻涌的波浪
而没有一个确定的号码
谁才能见证我将飞翔

华山是我想象中的惊艳之花
开在这个春天
开在我的梦里
巨大而芬芳

走西口

我从黄土塬的峁梁上升起，像光
我是川谷里不息奔流的信天游。我在夜晚
夜晚到来的时候，眺望南方的炊烟和红叶

我的挂念就是我的大地
我的沉默就是我的归途
我已经从陕北的毛眼眼里醒来，故乡呀

青铜和彩陶镶嵌着连绵的峰峦
厚积的黄土隐藏着帝王的狂放和骄横
历史，就是不再张开的嘴唇
巨大的塬地以丰沛的乳汁哺育了三秦儿女
半坡村里的情歌还在痴情传唱
平原上的亲人，你是我今晚血流如注的伤口

我拽住飘泊的雾霭
我打开永不关闭的门扉

第二辑　草原上的黄金家族

来自草原，来自黄金家族（组诗）

呼麦：草原深处的歌唱

你飘荡不息的蒙古袍

总让我想起辽阔无边的大草原

雄鹰在你的目光里滑翔

淙淙河水在你的声音里流淌

花朵上的露水多么深情

你的凝望

不止一次地让我的眼泪恣意流下

马奶酒散发出不可阻挡的诱惑

陡然停歇的马头琴

一定是因为悲怆的故事无语凝噎

一个人的草原

一匹马的夜晚

让一颗多愁善感的心灵

去面对大地尽头遥遥无期的命运

黑暗而又明亮的夜空呀

哪一颗星星才是我一千年之前的家园

长调：哭泣的骆驼

比忧伤还要忧伤的只能是长调
上师的面孔已经被忧伤覆盖

出生在枯草期的小骆驼
被风沙迷住了双眼
这个被仇恨践踏的世界呀
为什么找不到母亲的乳房

产后虚弱的母亲也在为干瘪的胸脯叹息
眼中充盈了绝望

怀抱马头琴的少年
任泪水纵横飞溅
一抖手就抽出一声悠扬而低沉的弦音

所有的声音都陷入沉默
蒙古包外面的风沙也停下了脚步
生命在渴望和爱的呼唤里
开始膨胀
浓稠的乳汁顺着草原的泪腺慢慢滴落
就连枯黄的草根
也在我们的内心深处返青拔节

数千年的迁徙

数万年的生息
爱就是大草原上不息的河流

绝望的母亲捧起蒙古包一样饱满的乳房
迎向初生的生命
和着泪水把小骆驼喂养

马头琴声浸润了甘霖
我们在场的每一个
都像一匹风沙深处历尽劫难的小骆驼
奶水的召唤，为这个沉寂的时刻
带来了金光万丈

希拉穆仁草原上的日出

狂欢的篝火也许刚刚熄灭
烤炙的余味仍然在草原上低回逡巡
安静！比史前混沌还要安静
我听到青草梦游的脚步
一条依稀发白的土路在草原上游走
黛色的天空端出一盏银碗
就算我离天堂依然十分遥远
被惊悚包围着的人
还是闻到了马奶酒的清香
八月之上，草原以冰凉的夜露

为我打开蒙古包寂寞的门帘

在这个比凌晨还要早一些的时刻

我只想一个人去等待希拉穆仁的日出

我不敢奔跑

担心惊扰了千年之前远征回来的战马

也担心惹怒那些矢志坚守草原的獒

风抚摸过敖包再抚摸我的脸庞

苏鲁锭像沉默的战士直指云天

我看不到远处的景物

只看到模糊的双手

和一条草原狗不再敌视我的眼睛

一片青草，一条忠诚的狗，一个异乡人

我们共同保守住一个惊人的秘密

我们会看到太阳在草原上如何升起

低垂的天空里被镀上黄金的云朵究竟有多美

希拉穆仁不管有多辽阔

从今往后你都盛不下我对你的思念

和我对这个早晨空旷偏执的记忆

乌兰巴托之夜

你这个穿着鲜红蒙古袍的女子

你究竟想让我为你流多少泪

你哀怨的歌声分明是迷途的羊羔

在不停地不停地不停地呼唤

这个令人揪心的夜晚呀
美若天仙的歌手
用悲伤得无以复加的声音
告诉我们——世界是如此荒凉

你总是把双手捧在襟前
我看到了一颗破碎的心
你低垂的睫毛
无论如何也掩饰不住新月、弯刀和蹄阵

你用我陌生的语言
倾诉遥远的凄凉
而我今夜的神灵已经像一只雄鹰
滑翔在乌兰巴托之夜的上空

你这个穿着鲜红蒙古袍的女子
你究竟想让我在你的歌声中流多少泪
你究竟想让我在你的歌声中流多少泪
你这个穿着鲜红蒙古袍的女子

马头琴曲：感恩

名叫大海的少年
为什么总是低垂着你的头

你间或摆动的双肩
让我看到了那悬挂在在草原上空的海东青
孤独的精灵呀
驮着陈旧的家园

感谢辽阔的大地
感谢大地上茂盛的青草
感谢深远的天空
感谢天空里金色的太阳
感谢上苍的甘霖
感谢雨水中欢乐的牛羊

逶迤连绵的大青山呀
我们用劳动和劳动的果实
用牧草和最纯洁的牛羊
祭祀亘古不变的神灵
请在显赫的地方
也供奉上我们的心和生命
对英雄祖先的怀念
对大地万物的感念
对苍茫岁月的困惑和执着

感谢来自大草原的美少年
感谢马头琴里的颤抖
感谢每一个人悄悄流下的泪水
感谢这个沉默而黑暗的夜

谒昭君墓

飞越三千里长空

我来祭拜你的香魂

彩云编织的花环

和我对两千年历史的敬畏

一起供奉在你荒草丛生的墓前

美丽为什么都是如此忧悒

爱情不过大沙漠深处幻灭的篝火

当你把丝绸和瓷器带到游牧帝国的疆域

汉宫是否换得片刻安宁

遥远的单于庭

是我们楚地后裔爱恨交加的地方

看一眼你朝向南方的山门

我唯有沉默

梦里的云彩呀

你是我魂牵梦萦的美丽

车过大青山

这是一座横亘在我梦里的山脉

敕勒川是一条河

还是一幅秀丽的山谷？

挡不住寒流

也挡不住胡马的大山

唯有我对你的景仰

像风吹过的青草

拜伏在你面前

天似穹庐，天苍苍

笼盖四野，野茫茫

我终于见到了你

——梦里江山大青山

蒙古刀

你用诱人的寒光

召唤我沉睡的血性

抚摸你就是问候那些积郁在心的仇恨

凭着烈火和征服者的信念

在一万年一亿年的石头里

寻找你的地址

轻轻一弹，你精钢的胸腔里

飘散出悠扬的长调

苍狼的鲜血已经染红了草原的每一次日出

成吉思汗

写下你的名字

我就已经献出毕生的敬畏

通向康巴什的道路

遍地坎坷

嗅一嗅越过阴山的风

我惊悚于岁月的荒芜

废弃的古堡

堆积的岩石

我带着你的故事

行走在祭拜你的路上

茹毛饮血的祖先

被仇恨喂养成长的雄鹰

美丽的鄂尔多斯

在你这个局促而孤独的地方

我愿意永远遗忘

忘掉那些战事

忘掉那些欢呼

甚至可以忘掉辽阔无边的疆域

我只想在你最偏僻的角落

放下我沉静的内心

第三辑　中原直至大海

桃花水母

桃花水母是地球上最原始、最低等的无脊生物，它诞生于五亿五千万年之前。日前，有旅游者在河南马鞍石水库发现有成群的桃花水母在水中漂游，以为奇观。

谁将你打开
你打开的时候
是一把艳艳红红的罗扇
谁将你卷起
你卷起之后
湖水因失血而苍白

五亿年以前
有人站在这片水域守望
守望一朵桃花在水底盛开
桃花呀是五亿年前唯一的爱情

桃花水母，这是多么好听的名字
五亿年你爱过谁、怨过谁
桃花水母，这是多么好听的名字
五亿年你等过谁、抛弃过谁

沧海没有将你带走

桑田没有将你掩埋
五亿年岁月在你吞吐之间
早已化为一掬清波

桃花水母——
水底的卵石是你经年的泪滴
天空的云霞是你不落的青春
就算你再度漂泊五亿年

桃花水母就是桃花水的妈妈
就是你的名字
桃花水母呀，桃花就是你的故乡

蓬莱阁

人们从四面八方涌来

究竟是为了看海

还是为了拜仙

人真的太多，摩肩接踵

而神仙始终没有出现

大海一如既往挺着浪花一样高耸的胸脯

云在不远的地方被谁抖开

没有拧干的水洒得人睁不开眼睛

至于那些悬挂在头顶的海鸟

总让人感到分外忧心

也许这里真的住过神仙

不然这座城市不会叫作烟台

烟雨朦胧的地方

或者，烟雾缭绕的高台

烟火不绝之境

这样想着的时候

我已经回到熙熙攘攘的人间

给青岛

你是碧青如水的石头
布满了向往已久的星光
风吹过来
星星雨纷纷坠落无声

面朝大海，你
坐在涨潮的沙滩上
像我梦中的姐妹

太阳就是温柔的鲜花
我穿行在快乐的尽头
夜晚来临，匙吻鲟
打开了每一扇通向海底的窗户

把海浪赠送给你
把日出赠送给你
把美好的感觉赠送给你

远去的鸟群
也带走了歌声
我在辽阔的海面上
寻找翅膀的痕迹

蔚蓝是你的
宁静是你的
我不知道如何送给你，明天

青岛！青岛！
多么亲切而熟悉的名字
当你从我眺望的视野里升起
我就想起了微笑和忧愁

今夜，你已经消失在我的呓语里
枕着青岛的涛声和细浪
我安睡在这个叫作里下河的地方

在烟台

守在弧形的夜晚
唯一担心的是
你一松手，我会像
箭矢一样
没入寂谧的旋涡

海市蜃楼
是我不能说出的理由
苹果林的香气
像炊烟一样飘舞
一对海鸟今夜会饮三百杯

寒星在午夜坠落
海风停驻在亲爱的骨节
塞壬的歌声
打开了一部尘封多年的圣经

杜克酒庄

我愿意你做我的故乡

你总是秋天

你的眼睛是我紫色的天堂

我还听到赞美的诗歌

像穿上蓝裙子的风

在葡萄园的藤架上旋转

你又甜又酸

你这异乡人的阳光

照彻了我的灵魂

一直把我引向陌生的地方

没有多余的人

没有自私的昆虫

一夜之间，我看到橡木的城堡

端坐在我的对面

杜克，一个好听的名字

每一次沉醉之后

我都想把你安静的液汁

还原成我的秋天，还原成

我的田野里那颗紫色的葡萄

汉　柏

泅渡二千年沧海

你的每一圈年轮都在弹奏

催人泪下的歌

孤独的旋律

像顺势而下的光阴

逶迤无垠

岱岳顶上的一声晚钟

震落过人间多少喧嚣

其实我和众多的游人一样

冲破千里万里的红尘

就是要来抱一抱你

把我的身影留在你疼痛的记忆中

并且告诉你

关于世俗的爱和向往

龙门石窟

那些十分遥远的事物

在伊河之滨

凝结成一朵巨大而又坚硬的蜂巢

时光模糊

但是历史的确如此神奇

卢舍那大佛的红唇

鲜艳得赛过这深秋最动人的枫叶

我无法赞叹那些刀工笔法

在记忆与现实的双重映照下

龙门依旧像一个没有完结的故事

南北朝是历史

皇皇大唐也是历史

信仰也好，至高无上的权力也好

无休无止的风已经吹走了他们的体温

在这里

我想交换一下心中的光明与晦暗

等我离开的时候

愿天空中果然落花如雨

洛阳伽蓝（自度曲）

就这样香火缭绕
就这样美轮美奂
就这样低卜头颅
就这样烟花易冷
岁月等同于生命
眷念，眷念
梵呗里满是慈悲
晒经石依旧坚硬
白马山下花如雨
故都野村老树根
欢愉从来就短促
孤独，孤独

在白马寺

跪拜就是跪拜的理由

没有多少愿景需要祷告

您是慈祥的

寺外传来白杨树叶鼓荡的声音

寺内的经幡轻轻飘起

放下膝盖就等于放下仇恨

放下眼睑就放下贪念

放下前额就放下了世界

两千年过去了

落水的经书早已经晾干

繁华与衰败也已经无数次更替

天堂还是在上面

炼狱还是在人间

地狱不净

至今未能成佛

海河之夜

深秋的风吹过来
我在想，你究竟会是什么样的容颜

我听说过你的美好
猜想过你的浩荡

今夜，星空退出，城市开始上升
那些波浪变得柔情而暧昧

摩天轮是你的眼睛，也是我的眼睛
我看见了过去，也看到了未来

游船泛着粼光从我的边界滑过
金鲤的鳍划伤了我的心

多想捧着你的波光，把你随身携带
你温润的水藻会在我行走的梦里招摇

因为我坚信，你会跟我去远方
你的灵魂里已经有我的亲吻和抚摸

把爱慕和赞美融进你的血液

把疼痛和相思留在我的沉默里

海河之夜，我要对你说——
我是你前世的贝壳，我要把内心的珍珠还给你

天津的早晨

这个雨后的早晨
像一颗露珠秘密地悬挂在
草丛中。我在陌生的广场上
低声喊你的名字

太阳还没有升起
但是天色已经大亮
我伸出手，已经能够看清楚
那些沉默的掌纹

我还看到了我顺着掌纹
前行，像一只昆虫
行走在幸福的叶子上
风吹过来我的衣衫显得很薄

到一个陌生的地方
犹如一次充满无知的梦游
夜晚是异乡人的深渊
早晨则是一口古井

对着古井我轻声喊你的名字
阳光就从大地的边缘升起

你的嘴唇是芳香的
你的面容在井水中越来越清晰

众生喧哗
你的声音像这个早晨的风
秘密穿透我的外衣，抵达我的身体
我再轻声喊一回你的名字

云台山（三首）

云台传书

一路红叶就是一路火焰

向北

我去赶赴一场旷世情爱

最少念叨了三年

云台山像一只火狐

在我的准星下

一而再，再而三

闪现

跳跃

呼啸而过

终于柿子红了

银杏的叶子金黄

南飞的候鸟传书来了

坐在飞驰的车厢里

就是把自己封在了牛皮纸的

信封里

梦里的红叶

是今年喜庆的邮票

地址是中原大地

收信人的名字叫茱萸

红石峡

云朵在山坡上徘徊
每转过一个垭口
我都误以为那是一群绵羊
一个人在红石峡游走
就算不想害羞
脸也是红的
远处的钟声很近
而脚下的泉鸣很远
抑或来自古汉、南北朝
悬崖是被水流切出来的
峡谷是被风吹出来的
山峰是从海底挺起身来的
天啦
谁知道岁月的真相
双手摩挲风化的石英砂
心中陡然生出无边际的海
我固执地认为
有一尾远古的鱼
此刻与我同游

情人瀑

水流的声音
就是前世的情话
没有人听得懂
从山峦上跃下来
在石头间飞溅
我想起许多危险的事情
冬天已经在路上
暮色与雪谁先来临
还有酒与炉火
哪一个更加温暖
离家太远
我说出童年故乡
谁能听出我的羞涩

晋地诗（组诗）

雁门关

踩下去依然听到骨骼断裂的声音
这些凹凸不平的青石板呀

这个有山有水有田地的地方
这个草茂水丰兵强马壮的关隘

杨家将的传说我宁可相信那些是真的
而潘美为什么也留下一座似是而非的雕像

关内的繁华已经随着岁月的流水远去
正如关外的漠地不再有战马嘶鸣

站在高高的堞楼上我满目茫然
青山连绵究竟掩埋了多少枯骨孤魂

那么坚硬又那么不可思议的不堪一击
历史——你让我去读你的哪一面

云冈石窟

尽管你已经残缺
而你的高度依然必须仰望
双手合十
你周身的气息令人窒息
如果说教科书上的云冈石窟
仅仅是一幅精美的彩绘
那么，站在你的面前
我们只能是一群迷途的羔羊

你岩石生成的躯体
终究敌不过岁月流沙的侵蚀
尽管是如此威严
光阴的利剑还是剥开了历史的胎衣
悲悯和觉悟
随梵音一起在北中国的天空飘荡

平遥的夜晚

这是我第一次享受北方大炕的温暖
我盘腿坐在平遥的夜晚
看着窗外对面影壁上浮雕的麒麟
檐口的水滴像一根断断续续的银丝
纠集着一个外省人的思绪

这些青砖青瓦散发出来的气息

让我的想象变成一只惊惶的促织

我不停地奔跑

总被一处突起的石板碰疼少年的记忆

谁都无法知道在这样的夜晚

会有多少慕名而来的人

已经沉浸在古城阴暗的忧伤里

我熄灭掉所有的灯火

只留下一盏昏黄的夜灯

来照亮梦游人寂寞的嘴唇

平遥古城——我看不到你的贫穷

也看不到你的富贵

你可以幸免于兵燹，但是你逃不脱赞美的灾难

等我离开你的之后

你只能是我记忆中的一件陈年玩偶

五台山

走再远的路经历再多的坎坷

也未必叫作虔诚

如果你的心中没有善良和慈悲

这是一座寺庙众多的佛山

缕缕不绝的香火

令所有口无遮拦的人噤声

佛说，大智文殊菩萨始终守护着我的命运
带上惶恐和不安
我匍匐在菩萨顶的殿前

如果罪孽缠身的人真心放下自己的膝盖
那么这个世界上就不再有罪孽了吗
香火鼎盛的五爷庙里人头攒动
你分不清谁是许愿的谁是还愿的
也分不出谁是赎罪的

那一夜，我住在五台山上
聆听北台上崇高而清越的梵呗
世界已经沉浸在黑暗之中
只有山之巅跳动着一豆烛火
照亮我的眼睛

第四辑　南国之南

厦门（组诗）

凤凰木

不是所有的植物生长在厦门都能如此美丽
叶若飞凰之羽，花如丹凤之冠

我在川流不息的人群里陡然停下
像一枚顽固的石子不肯随激流远去

看呀
凤凰木高举着火焰般的树冠
如同捧起我遗落已久的青春

过于高大的凤凰木，仰望久了，你让我泪水盈眶

相思柳

南普陀的后山上有成片成片的相思林
它们不够高大壮实，失恋的人总是憔悴
弯曲前倾的树干与其说是张望不若说是倾听

请不要误读相思，以为就是泪水和沉沦

相思是坚硬的，可以为枕木，承载世间重荷
可以做矿材，支撑起孤独的大山
书上说，耐热、耐旱、耐瘠、耐酸、耐剪

站在闽南佛学院旷寂的院子里，回望那片相思林
人间困厄不过相思，人间美好不过相思
——阿弥陀佛

木棉树

崇拜英雄那是因为缺少英雄
不妨把这株高大的树命名为英雄树

落英和枯叶织成韧劲十足的铠甲
木质紧密的枝干削为无坚不摧的长剑

没有与天下为敌的本领
就不要割破你的手指喝尽一碗血酒

蛇可以进来，鸟可以进来，兽可以进来
唯独带砍刀和火种的人，谢绝入内

十四行之琴岛

鼓浪屿是你成年后的名字
我更喜欢喊你的乳名——琴岛

我来过，后来我又走了
但是，我从来就没有离开
如果我们一定被分开过
那么，是你离开了我

岁月像一头受惊的小鹿
转眼间就失去了踪影
而在某个圆月之夜
你又戴着花环陡然出现在我的面前

海潮退去，琴声如诉
谁曾看到有一处悬崖倒挂在我的窗前
如果不止一次地梦见
那么，无须掩饰，这里一定有一粒爱情

十四行之南普陀礼佛

男左女右，跨进这道门槛
你就要做一个善良的人

闭上眼睛我看到了佛国的草地
无数羔羊低头啃噬着阳光
人世辽阔，有风轻轻吹来
抬起头，每一双眼睛里都注满忧伤

不知道人对神的敬畏
是否可以换取神对人的庇佑
点亮一盏烛火
究竟能不能燃尽人生的愚钝

一千年的古刹就是佛前一千年的约定
陈旧的何尝不是宋时月
一千年的约定就是一千年的沉默
风雨经幡，谁已经醒悟人间

厦　门

到了五月份，我就想去厦门
大海离我的家乡很远
离厦门却很近。梦里轻轻抬腿
海水就漫上我的枕巾

三角梅月月开放
开放在谁家的阳台
记得回乡的伙伴叙述过那里的美

一年四季，都有鲜花盛开

春天的背影已经模糊
就像梦里的情人
候鸟向南飞去，孤单的不是一人
塞壬的歌声再甜也改变不了生活中的苦

鼓浪屿的琴声让今夜的黑更黑了
落魄水手的心里奔突着迷路的小鹿
流星雨带着许下的心愿滑落
日光岩的上空写满了你的名字

五月的厦门充斥初夏的清新
一百年之前羽毛，还在窗外飞翔
我会在一棵槟榔树下邂逅传说中的狐仙
返身前世的落拓，爱已不见踪影

1994 年春

你说在海洋与陆地之间
是否还有这样的空隙——
无助的灯火
照耀着奔走不息的灵魂

曾经我对这样的地名充满期待

厦门应该是一扇洞察人间的巍峨之门
每穿越一回
世界上的景色就会更新一回

热带植物和那些繁茂的花朵
是那年春天唯一的谎言
当一枚槟榔从流行歌曲里坠落
那酸甜的记忆就再也没有离去

白鸥在远处滑翔
犹如我深入骨血的孤独
在去鼓浪屿的码头上
我看到日光岩的弧线比唇廓还要柔美

是怎样的热情哺育了纯净的诗人
需要多少鲜花去装点青春期的梦境
命运为什么在这片海陆之地
留下了我被风吹斜的身影

1994 年，春天
红树林作证——我去过厦门

五老峰

人世间的秘密

其实都藏在山里
我决定登上五老峰
就是要印证一个秘密

爬上去不仅艰难
而且无聊，大自然
用巨石堆叠起来的一款玩具
剥夺了人类仅有的智慧

躬身攀登就是偷窥
大地的隐私
亲历险地就是体验
偷窃的喜悦

能够登顶的人
还有什么不能做到
嗅着海风和花香
我对世界暧昧一笑

梦回太姥（组诗）

太姥山

山是孤独的
太姥山尤其孤独
史前的巨石高高在上
峰回路转
世界上最美好的事物
总是守口如瓶
风来了，风又走了
我来了，我也必将离开

坚硬的花岗岩
消磨掉了时间的棱角
也抹平了世俗的妄念
请停下你的脚步
看看远处的大海
看看头顶的蔚蓝
看看脚底的悬崖
孤独一定会让万物低头

太姥山是孤独的
抬一抬手臂

你能摸到梦中的蓝天

传说是孤独的

善良的蓝姑当然也是孤独的

心底的愿望是孤独的

世间的美是孤独的

美好的记忆，是孤独的

蓝月亮

小暑之后，我们就去嵛山岛

七月的海岛静默而葱茏

向阳的山坡上开满了金黄的太阳花

你不告诉我我也知道

七月的这个早晨多么让人欢喜

蓝月亮，你是娇小的，在嵛山岛的怀抱里

你像一只白鹭，清纯欲滴

你又是辽阔的

逶迤的峰峦和无尽的云朵，都呈现在你的襟前

那些洁白的云朵多像是天上的羊群

风一吹，我的心就跟着远处的波浪一起摇晃

不散的雾岚是你淡青色的面纱

飘荡一下，你的眼睛就闪眨一回

蓝月亮，多么好听的名字

爱上你当然就爱你的名字，爱上你

就爱你这里的每一寸荒芜，每一棵低矮的树

如果你愿意，我们就用一生的光阴

在水草丰沛的谷底，搭建神秘的楼兰

有繁茂的草场，有幽静的溪流，有恭谦的芦苇

有早出晚归的鸟群，有勤奋辛劳的昆虫

有东方艳丽的日出，有傍晚忧伤的渔歌

如果你愿意

我就用我一生的光阴

为你演绎嵛山岛上轰轰烈烈的爱情

桐　城

闽东小城福鼎别称桐城，地方文献记载，古代这里遍植桐树。

昨夜你出现在我的梦里

今夜，我是你的过客

桐花编织的彩虹

散发出历久未消的香气

我从里下河平原上来

惊诧于这里的山峦和植被

风中传来海洋的呼吸

不能入眠，黎明从悬铃木的叶片下启开

陌生的旅人

神奇的传说已经收拢命运的羽翼

等信风打开云朵的蓬扉

最微弱的想像也将为你重建一座

往日的城池

陌生之城
——再致桐城

南国夜曲

是我进入无雪之城的密钥

语言不通让人更加警觉

同样是翠绿蓬勃的香樟

但是那些枝桠总不够亲近

油桐树下的蝴蝶应该是西域来的舞娘

擦肩而过的风

想挽留，一刻也无法挽留

深夜因为空旷而变得漫长

星辰因为牵扯而开始摇晃

生活多么像一条恒久的河流

有阳光有温暖有爱

有暗流有旋涡有愁

不急不缓的时光有开头也有归宿

与其说是夜幕

不若说是窗前的灯辉

把我与陌生的城市分开

异乡人，你听听东海之上，传来缥缈的歌

梅雨季节

这个细雨如麻的清晨

我看着香樟树枝丫上挂着水晶的项链

不知道那些叽叽喳喳的鸟儿
昨夜归宿何处

时光好像是静止的
只有水洗过的玉一样异美的叶子偶尔晃动

我不奢望拥有那些本不属于我的珍宝
我也不羡慕蜻蜓和它脚下的荷塘

趁这个潮湿的季节刚刚来临
赶快抹掉那些让人害羞的痕迹

素昧平生这是一个美好的词
不像一见钟情那样让人措手不及

迎面而来的风其实是一次宿命的问候
滴在嘴唇上的雨，多么清凉

梅雨季节会不会就是光阴之神的一回梦游
凋零的花期依旧令人心动

闽地诗（组诗）

莆田忆

我以为我来过

我是一个相信前生后世的人

来了之后我发现

我从来就没有来过

漫山遍野的枇杷穿着银白的外衣

山谷里堆积着金贵的帝王蕉

远处的山峦舞动青黛色的丝巾

同行的兄弟告诉我

从天边飘的来河流叫木兰溪

亚热带的春天洋溢热情

海洋在不远的地方为我打开一本命运的书

我用方言朗读

以严守我内心的秘密

夜深了，我独自走在这座陌生城市的街头

用外省人的寂寞

去唤醒另一片黑色的孤独

莆田旧称兴化

与我的家乡同名同姓

在这个深夜里，望着头顶深邃的夜空

任由二十年陈酿的女儿红在我的胸腹间翻江倒海

我特别想学一句莆田话，说，我是多么喜欢
这座带给我无边想象和幻觉的城市

土 楼

与其说我是个游客
不若说我是个山匪
我的弟兄们埋伏在山林里等待夜晚来临
我是个探子，像个游客
趁土楼的大门洞开
趁土楼的汉子去收取枇杷和香蕉
趁土楼的女人都在洗衣服
趁和善的老人说着我听不懂的方言
趁半大的孩子向我推销木锤糖
趁一大队游人跟着导游转悠
趁春天的一场小雨淋得我身心俱欣
我一个人开始谋划
要抢走这里如青苔一样古老的时光
要抢走这里屹立千年的奇思妙想
还要抢走这里吸一口就通体舒畅的空气
抢走这里随遇而安的平和
当然，我是山匪，我不会丢下这里无与伦比的美

妈　祖

人不能没有信仰

哪怕如我这等俗人

在湄洲岛，那一天风大雨大

我无所适从充满绝望

更觉得我要有心中的神

拜伏在妈祖的尊前

我先默念了我的身世和遭遇

然后供出了一部分不为人知的羞耻和邪念

我希望妈祖保佑我的家人

看在我说出心底的秘密的份上

我希望妈祖灵验，并且果如其然

从湄洲岛回来之后

我一直觉得妈祖是值得信任的神

她神情和蔼，善良写在脸上

她贵为天神

却又契合我记忆中乐于助人的林默娘

九鲤湖

到九鲤湖看风景

看春天的山谷鲜花烂漫

悬挂在山崖上的瀑布

总让人心不在焉

九鲤湖最诱惑人的是水

最神奇的是硕大如床的石头

地方志记载

卧巨石之上以祈梦

梦想成真。有事例为证

江南才子唐伯虎失意之时游九鲤湖

松涛水吟间，他梦到了功名

回吴地，果然得到了功名

地方志没有说秋香是不是从那夜梦中的产物

看我出神的样子

祈梦殿的道长移步我的近前

我不等他开口就说出了我的愿望

我想看看秋香

给香港

古老的月亮提起过你
你的山坡，你的海水和微风

我数不出你的岛屿
我的思念像一束陌生的光芒
穿越你的石头和记忆

你是我梦里的怀抱
维多利亚海湾，亲吻你
你盈盈的波浪和呢喃

繁华随处可见
但繁华不是我的
人山人海的喧嚣里
我因为思念而孤独

你还是我缥缈不去的嗅觉

你的热带植物的味道
你的沙滩上的味道
你的潮州菜的味道
你的雅诗兰黛的味道

你是传说中的花朵
你的名字叫洋紫荆
你必将是我的一次顾盼
你是我不确定的美丽

海水何时开始演奏
天边的海鸥
栖息在渔娘的肩头

如果可以
我要把满眼的璀璨献给你

清水湾的薄暮

被小叶榕树叶洗汰过的夕照

更像一张质地丝滑的网

海天一色的蓝，远远的，岛屿青葱

隐形的晚风从四面合围过来

惬意的眼睛变得模糊

蚺蛇尖是否会在某一个梦里还原

一位美绝人寰的天仙

神秘的石斑鱼被莞香诱惑

浮出水面，窥视渔火下的野心

潮湿的时分，潮湿的半岛，我的衣襟

如果心生奇想

我就偷偷地摘下第一颗星子

让这份清新和光芒跟我回故乡

第五辑　浙山浙水

安吉诗草（组诗）

深溪大石浪

这些都是上好的补天之石
光阴，岂止是光阴
应该是比光阴还要久远的神奇
已经抚平你坚硬的棱角
在你的面前，我没有觉出世俗的圆滑
你裸露的静脉
分明依旧汹涌着开天辟地的激情

我已经忘记此行的目的，
来到你的身边，这比什么都要重要
如果一位外省人的咳嗽
打破了你的沉寂
那也只能是一枚竹叶在这样的清晨
贸然飘落

也许是百万年，也许是千万年
甚至亿万年
你们是所向无敌的兵团
从大地深处，从历史的源头——奔涌而来
征服者的欲望像连绵不绝的惊雷

从山河的内心起
改变着岁月永恒的面貌

请让我腾空尘世的胸襟
迎迓从天而降的激流
如同迎接我心中灵光乍现的神祇
就算流水耗尽，我也要把巨石留住
我唯一的期望
就是让一只雄鹰飞抵我的心境
在我今生最美好的想象中
振动双翅

大竹海

我是一个卑微的人
所以我可以在大竹海的深处停留

我听到了千里之外故乡的风声
我听到了竹林里经久不息的涛声
这些和平而安详的声音里
没有古代的杀伐
也丝毫没有现代人的争闹

要说磨难，竹子的磨难起步于一亿五千万年之前
那么我们所能遇到的磨难都请闭嘴

要说孤独，竹子是冰川纪的遗腹子
那么我们所说的孤独只能是小文人的无病呻吟

我私下里偏爱倪云林的六君子图
六株傲立于大元帝国肃杀之域上的竹子呀
我以一介书生的心思偏爱竹子
还因为狂狷不羁的老乡郑板桥
一生画竹，也一生清高

我不知道我的祖上是否出过英雄
进入中年之后，我甚至看不清晚报上的新闻
但是这些算什么呢
我说过我的卑微，所以我可以
停留在大竹海的深处
任枯叶覆盖，随日头起落

白茶园

是先有安吉还是先有白茶
这是一个多么无知的问题

一千八百多年了
这里的子民安且吉兮
这里的青山安且吉兮
这里的流水安且吉兮

这里的大地安且吉兮
这里的光阴——安且吉兮

究竟是先有安吉还是先有白茶
这是一个多么智慧的问题

在一千八百年的历史书里
安吉是一枚从未被人打开的野茶叶
直到公元 1982 年的春天
又是春天，这个季节总是这么让人舒心
请记住天荒坪，记住大溪村
（——多么诗意的地方名字
多么像一部人类爱情传奇
我将爱你到天老地荒
就算溪水流尽，我还要结庐人间
守候你的芳菲和福祉）
请记住那位叫刘益民的人
绝对有益于人民的人！
白茶从宋徽宗的《大观茶论》走了出来
先是种植在刘益民的梦中
然后移植到了安吉大地最美丽的皮肤上
对于整个世界
安吉就是那片叫作玉凤的茶叶

如果说漂泊是侠客的宿命
那么坚守则是一座沉默万年的茶园全部的秘密

美丽的安吉白茶园

在你的荫庇下，我怀念

比流水还要匆忙的青春和比茶香还要缠绵的初恋

赠宋徽宗

全球华人皇帝书法大赛你第一名

全球华人皇帝绘画大赛你第一名

你还是古今中外历史上花钱最多的皇帝

用光了占全世界财富七成的大宋国库

你不仅统治着宋天下

你还觊觎着神的天下，自封教主道君皇帝

你的画笔和神咒终究敌不过女真人的铁蹄和利剑

半个大宋顷刻沦落

在文学艺术和荒淫无度的多重领域

你当之无愧地居功至伟

历史已经灰飞烟灭

诅咒或者赞叹都不能改变你身后定义

那么我要因为你的《大观茶论》

赠你一片白茶，让你的疆域永享福泽

畲

一个冷僻的汉字

被一个少数民族大声地朗读

开荒辟地的畲

刀耕火种的畲

在浙西北的大山深处

在牛牯坳的湖心红亭

我愿意紧随一支娶亲的队伍

直抵山哈度亲的喜庆

歌声从山林里飞出

那是百灵鸟的歌

笑声从畲家人的窗口飞出

那是最甜美的歌

在欢乐的广场上

远古的图腾更能安慰我内心的忧伤

从神那边回来

生活会变得更加美好

鹤 冢

悲伤应该是从眼睛开始的
如果没有鹤的眼泪
那就可以肯定
你身边的梅花绝对不会开放

爱就是一生
哪怕就像这只闪电一般飞过的灰鹤
你登得再高
也不能看到不归的挂念

应该感谢春天里的锄草人
总是守护着这抔黄土
让所有路过的人相信
红尘之下的确掩埋着珍贵的心

注：杭州西湖有一处鹤冢，据称，是很有说头的；扬州平山
之西亦有一处鹤冢，故事大抵相近，尽管说的是鹤，倒也很让人
嘘唏。无意间读到鹤冢的典故，记之。

普陀珞伽

这是一声不能分割的梵呗
就如太阳不能分割成太和阳
不管海水有多辽阔，风浪有多大
普陀珞伽都只能是一朵莲花
谁能无动于衷？一缕清香
已经穿越我们的内心——布达拉！

桐庐富春江上

我不说这条著名的江

因为我不知道该如何忘掉江水之上盛大的云

婚纱一样的华丽

尽管没有婚礼，没有幸福的人出现

棉絮一样的温情

天空究竟是怎样肥沃的土壤

有时，是成千上万匹的白龙马

卷起火焰样的尘埃

面对静美而羞涩的江水，大声表白

地平线上微不足道的小城

像一只含着珍珠的蚌

没有人在乎它的疼痛与快乐

在这里，天是低矮的，阳光是辅佐的

江水之上还有闪光的江水

沉默就一起沉默

正如叛逆就一起叛逆

之前是否相识一点都不重要

谁能怀疑我的前世不是一头骄横的水怪

此刻，我就想抚摸你银子一样的脸

也让你看看我不安的眼神

在桐庐富春江上

在富阳富春江

我说过你是最美丽的

因为我不怕得罪更多的江河

我来过！

但是我真的来过吗？

如果来过，那么你应该是彩色的

如果没有，那么我为什么对你这样熟悉

我没有在意沿途的风景

因为我想你，只想你

想你沁人心脾的涟漪

想你怀里特别明澈的天空

想你失而复得的泪水

想你没入倒影的飞翔

在富春江

巨幅的宣纸像爱情一样洇晕

独立的钓者选择眺望的姿势

流水是否能够抵达花开的地方

我愿意凭一叶梦幻扁舟

带上清凌凌的山歌

溯回更远的元朝

因为，你的确是美丽的

杭　州

杭州跟你有关，一定的

杭州的美和你的美

这个春天呀

我要一间朝东或者朝南的房子

不强求能看到西湖

但一定要能听到湖水的声音

沏一壶龙井

狮峰或者梅花坞的龙井

如果没有好的味蕾

就算是在正当青春的年纪

也未必知道个中滋味

湖心亭的雪从来就没有融化

多么洁白的天空呀

多么洁白的西湖

多么洁白的——杭州

请允许此刻的风

以慌乱的手指抚遍你的山冈

在迎春花开放的一瞬

我要写下这一刻多么美丽

这个春天我以半颗心脏

去赞美遥远的杭州

杭州跟美有关，跟你有关！

千岛湖

更多人的赞美是将你当作美人
而我不
我拒绝使用华丽的词藻
也不卖弄世俗的智慧
你是我的爱人
我们相见就只有抿嘴一笑
你一千座沉默的岛屿
就是一千个孤独的日子
就是一千次梦见
就是一千回失神的憨笑

更多人的到来是将你当作珍稀
而我不
我不惊叹你的纯净
也不诋毁其他水系的浑浊
你是我的记忆
我应约而至只为掬你入口
你五万公顷的水域
就是五万次欲语还休的回眸
就是五万粒珍珠的泪水
就是五万句无声的牵挂

更多的人都争着与你合影
他们的笑容映衬无名的野花
他们的愉悦像风一样滚动在清凌凌的水面
而我不
我在我的身体里已经无数次拥你入怀
你的蔚蓝，你的夜空，你的波浪，你的恐惧
远方的钟声，寂寞的鸟鸣，童年的哭泣
我们就这样紧紧拥抱
你，是我的爱人

被海水包围的地方（四章）

普　陀

如果我生活在一亿年之前
或者更早些
那么，我现在所在的高度会是多少
8848.86 米？肯定不止
在普陀山上我忽然作如斯想
这些把身子矮到尘埃下面
矮到深不可测的海水里的山峰

读普陀这个名字的时候
我容易犯一个正确的错误
我会读成——佛陀！

珞　伽

在普陀之东
在不肯去的对面
那片葱茏里
栖息着多少鸟群

多么美好的名字
珞伽！以美好命名的美好
你是灵鹫山上
飞来的一枚羽毛

在南海梵呗之外
珞伽是如此清静
为什么一定要抵达
看一眼也就心安了

阿弥陀佛！

舟　山

这支舰队已经停泊得太久
不是因为锈蚀的锚链植入海底的岩石
就是因为忘却了自己回家的路

凝固的日光月华
还有不息奔跑的涛声
已经不能唤醒曾经高耸入云的血色
天空如此苍白
青烟命中注定就是为失败而生的斗士
隐隐传诵的梵音
让这个孤寂的世界不怒不嗔不怨不悔

嵊 泗

你跟我没有关联
但是你对我的生活有了反应

我的一位兄长守护过你的海潮
至今忘不了那海上升起的明月
还有一位哥哥像一只大雁
也像一片云
不停地从无数青春的梦里飞渡

我不知道你的准确位置——嵊泗
但是你就在那里
在我的期盼里

上次两位哥哥重访旧地
一位告诉我，办公室已经养羊了
草在疯长，但格局依旧
另一位哥哥什么也没说
而我听出了他们刻骨铭心的怀念
对嵊泗对青春对无数孤独的日子
也对大海

我没有找到你——嵊泗
因为大海的辽阔
更因为我对橄榄丛林的陌生

那么我只有向你致敬
为我对友情的忠诚，对期许的忧伤
那么你只能那么遥远
比任何一种渴望都要遥远

第六辑　西南有诗

成都，今夜请把我遗忘（三首）

青城山

每一级台阶都是那么现实

如果你要接近理想

你就必须交出你的汗水和疲惫

陡峭不言而喻

为什么所有神奇的思想

都居住在高耸入云的地方

仰望一次我就脆弱一分

究竟是被深不可测的道者

勘破了泡沫的虚荣

还是穿透内心的鼓点

击垮了我红尘里的栅栏

青城山

多像一位修行莫测的高人

驻足我的灵魂

耍 都

这里是成都的另一张面孔
不施粉黛
汇聚着这座城市全部的嘈杂
无法遏制的啤酒沫
在黯淡的月光照耀下
散发出平民的气息
灯光同样显现出暧昧
醉眼蒙眬

一粒花椒深深嵌入我的牙缝
作为一个外省人
我已经无法忘记成都的味道

成都的朋友说过
美女只出成都
成都才出美女
而接近她们的唯一办法——
盯住，最少五分钟
在这样漫长的时间里
她们会感觉到你的存在
这样，你就属于成都和成都的夜晚

我不相信这样的说法
但我的的确确看着邻座的女孩

最少五分钟
成都，今夜请把我遗忘

花　椒

一粒花椒就是天府之国的一座花园
弥漫在空气中，沾在树叶上
还有外省人的衣服上
在成都的日子里，我的睡眠和梦想
散发出别样的香气、别样的诱惑
我是爱你的
像巴蜀大地上的人们热爱花椒一样

凤凰谣（组诗）

凤凰城

年轻的时候特别向往

毕竟太年轻了，一说就忘

想去的地方太多太多

等再次想起

并且在初冬的某个黄昏

真正站在古城面前

居然觉得这是一座不存在的城池

是的，这是一座不存在的城市

它只是在梦里跟随过我

沱江上的雾岚虚实无定

杜仲茶的苦涩游移飘忽

吊脚楼的红灯笼在山城鬼魅的夜晚一闪一闪

我对我的影子说

我们应该不是身处同一个世界

为什么一座陌生的城市让我的青春如此牵挂

为什么无中生有的情感让我的岁月芳草葱茏

山高水远，流行音乐像一群不速之客

月朗星稀，独来独往的人像一只夜莺歌唱自己的时代

与其说这是我曾经向往的地方
不如说这是我终究要回来的地方
——凤凰古城

谒沈从文先生墓

古城在黄昏时分

越发古典

风从乱石铺就的巷道里

穿过

我也许是丢失了什么

浑然不觉

沱江边上的灯笼已经闪烁

在夜晚来临之前

我登上了那座山包

椭圆的石碑

还有随风旋舞的落叶

必将构成我生命中一个永恒的瞬间

扣上最后一颗纽扣

我面对先生的名字三鞠躬

而后坐在先生对面的石头上

等待江边的灯火和歌声

把我湮没，遗忘

苗寨的孩子

去苗寨的路上
看到三五个一群的孩子
站在道路拐角的地方
唱着他们的歌曲
每个孩子的手上都有手编的蝈蝈
导游提示我们
不要随便给他们钱
不能培养他们不劳而获的习惯
但可以花一元钱买他们编的蝈蝈
要让他们意识到尊严
我看到一个羞涩的女孩
个子很矮，没有唱歌
不安地搓揉着竹叶做成的蝈蝈
我悄悄地给她十元钱
她开心地把手中的蝈蝈都给了我
一路小跑离开了
我记得她碎玉一样的牙齿很白
笑起来活脱脱就是我女儿的样子
离开苗寨快一个月了
那些孩子的歌声还时常闪现在我的睡眠
像幽灵一样

朱　砂

一滴血，回望淡蓝的静脉
在湘西，在吊脚楼的月牙下
在银饰叮当的苗家女子的前额
朱砂照亮了人间冷暖，世事无常

无论如何，沱江已经红了
是帝王的血
是吊脚楼前的篝火
是那枚水色充盈的前额

杜仲茶雾气袅袅
朱砂是一位苗家女子的名字吗
对面的美人吐气如兰
半粒朱砂，半面腮红

是夜色照亮了凤凰
还是凤凰掩饰住强人出没的夜色
沱江是一架独特的四弦琴
朱砂的爱情像露珠一样从琴弦滴落

嫁给我吧，或者把我娶走
朱砂就是上苍包办的爱情

老　街

其实更像是一条时光隧道

千年的光阴

全部贮藏在这秦砖汉瓦的心里

我不知道应该用怎么的步调

才能真正走进你的岁月

我甚至不知道怎样去表白

我对你的幻觉

和与生俱来的怀想

阳光总是从天窗上斜照进来

翻飞的尘星像一支光柱

聚焦着我依稀童年

而打开的槅门

向我呈现出的是永远沉默的

又一个世界

多想留住这样的念想

可是拥抱你需要多么宽广的胸怀

多想封存起这样的感受

可是拥有你需要多么漫长的世纪

进进出出的人们
如同依次更迭的时节
前世今生
如同绵延相承的人间盛宴

老街——这里是我全部的记忆
你出走的孩子
献给你的除了愧色
就是我一个人的春秋和沧桑

车过宜昌

这是我梦中的一个地址
江水一遍遍冲刷过的地方
我真的不忍心走过去
那座水晶一样的城市

这样的黄昏
我像一只没有巢穴的候鸟
布满云层的天空
隐隐约约地传来招魂的歌声

请原谅我如此沉默
请允许我就这样保持缄默
我多么后悔
后悔我没有停下风尘仆仆的步履

我还要说
我焦渴的心思多想喝上六口茶
多想看一看土家寨的亲人
到底在不在家

秭归是一座山还是一条江
是一个美好的传说还是一支山歌

秭归！秭归！
我多想去问一问我的兄长韩永强

荆楚大地上有没有东海的潮汛
收割的镰刀诉说着一个季节的荒凉
一粒远方的种子
会让我听到花开的声音

从你的城市边缘款款而行
我努力记下那些寻常的名字
等夜色渐浓
五峰像一只手轻轻拍打着我的睡眠

艳遇（组诗）

带星星的火车票

夜行的火车是黑暗之中

屏住呼吸的软体动物

我盯住窗外天空上那颗明亮的星星

起先它像一架夜航的飞机

顺着我们的方向缓慢地前进

我就一直这样看着它

直至我进入睡眠的深处

等我从梦中醒来

那颗星星还是那样明亮地悬挂在我的上空

我静静地看着

看着这颗明澈而安宁的星星

如果你问起我关于丽江的事情

我当然要先告诉你

那颗始终盯着我的星星

依然活着的象形文字

东巴，在我的认知里

你是一张神秘的纸

你把泪水和流泪的眼睛画在纸上

把爱情和嘴唇画在纸上

把男人的烟壶和女人的针线画在纸上

把信仰和祭祀画在纸上

你也把快乐和忧伤画在这张纸上

还有柴米油盐

还有生儿育女

东巴多像一张蝴蝶的翅膀

真想亲亲你抱抱你

如果真有机缘

我要把对你的爱

一笔一画镌刻在你的记忆里

一笔一画写在你的皮肤上

艳　遇

古城的夜晚闪眨着这个世界上

最撩人的眼神

我可以肯定在一个被红灯笼照耀的角落

会遇见前世的爱情

阳光已经被一粒米完全吸附

就算遥远一千里险象环生

我也会毅然一骑绝尘

樱花在属于樱花的土地上日夜芬芳

只是葫芦丝和唢呐的节奏

告诉人们——这里是永远的纳西丽江

无数次在梦里相见

无数次听人说起你的美

无数次在生命的里程单上寻找你

要求我请她喝酒的女子

真是我至今看到过的最美丽的女子

可惜她不是我的爱情

要求我邀请她跳舞的女子

真的是我曾经想象过的红狐一样的女子

可是她不是我的爱情

丽江之夜，我显得十分苍老

我告诉你吧

我的爱情跟玫瑰无关跟酒无关

跟漫无边际的誓言无关跟舞步无关

跟陌生的艳丽无关跟轻佻无关

跟皮肤和手指——无关

艳遇之都的丽江

我喜欢你的那片广场

不相识的人们拉起我的双手

简单明快的节奏里我们成为老朋友

我喜欢你，天上的云

认真看一看、嗅一嗅
我会想起童年的生活和伙伴

如果可以，我就为你唱一首已经遥远
遥远得丢失了自己名字的歌

纳西古曲

黑龙潭的早晨像一袭轻纱
飘飘荡荡
热情的纳西女子告诉我
如果没有这么多的雾气
站在这座五孔桥上
善良的人可以看见美丽的玉龙雪峰
和她倒映在黑龙潭里的样子

潭水中央的亭子里
飘浮起婉约的曲子
像昆曲一样但不是昆曲
像南音一样但不是南音
我停下脚步
任由那一丝一缕的曲子洇开来
一声一声的，我的心往下沉
也真是的
你，唱就唱吧，为什么要用手指

揪我的心，你呀，唱就唱吧
为什么要用你梦幻的声音迷惑我的心

纳西古曲在丽江的这个早晨
紧紧地纠缠住我半睡半醒的悲伤

摩梭女儿

穿梭不息的游人
是泸沽湖里的鱼群
虚幻的夕阳
轻轻地贴在木理显赫的杼轴上
我看着你光洁的手指
像云一样飘动
丝丝缕缕的彩色线头
回应着古城一天中最后的照耀
你眉眼低垂
银饰在你的身上
散发出月光一样的气息
专注的摩梭女儿
岁月在你的指尖不停地流淌
在你的沉默里
是否隐藏着女儿国最后的甜蜜

普洱茶

谁能唤醒假寐的人
谁能打开千年的寂寞
谁能转身就看到自己的前世
谁能一说变就化为尘埃
总之，一句话，谁能点石成金
谁能化腐朽为神奇
在纳西茶姑的案前
我感觉到了身体里的杂质
被一点一点滤净
舌尖上沉睡不醒的味蕾
开始还魂
这些采自悬崖的叶片
将我的灵魂也推上了悬崖
而我愿意做你万世的情人

香格里拉的夜空

对于一个外乡人而言
你的忧伤像一朵飘浮不定的云

我已经感觉到梅里雪山上的寒冷
沉默的人依旧仰望

巨大而又空旷的夜空
在你的注视下，我是一台停摆的钟

今夜我在香格里拉
今夜我隐身于遥远的地平线之下

就算是我最疼爱的部位
寂寞的骨质还在不停地生长

你有一个多么美好的名字
蓝月谷，这多么像我情人的名字

香格里拉的今夜
哪一朵云才是我最后的呼吸

我要把你深深地植埋于我的心肺之间
在黑色的时空里执着传递

消失的地平线

这是谁建造的花园
穹顶上的云彩像羊群一样散漫
这是谁堆砌的锦绣
静静流淌的河流散发出月亮一般的银光

大地像牛毛毡一样柔软

随风飘荡的经幡就是天堂之上的翅膀

黑颈鹤衔来碧塔湖般纯净的秋天

而漫山遍野的杜鹃沉寂在春天的记忆里

蓝月谷的情人

你的美好就是我牵挂你的理由

第一次踏上这片青稞和苞米的土地

你就已经是我多么熟悉的家园

美丽的香格里拉，我心中圣洁的太阳

请把我孤独而渺小的爱情安放在你的山巅

遥远的香格里拉，我心中圣洁的太阳

请接受断肠人已经冰凉的嘴唇和啼血的亲吻

你是神的村庄

我敬畏你的草木，你的天宇，你的獒

从此我最后的爱情会在你的祝福里成长

美丽的香格里拉，你是每一个人心中的殿堂

高原反应

虽然我看不到

但我已经感觉到

我在不断地上升

像一片叶子
被一只叫作风的手
牵引着上升

我可以肯定
我已经被大地抛弃
悬浮而上的双腿
只剩下空荡荡的裤管
总也找不到
让人心里踏实的感觉

我已经失去方向
身体内叫作心和肺的器官
烦躁不安
我却无法安慰他们

我知道这里潜伏着
危险
在香格里拉的深夜
我一次次从梦魇里坐起
这是最接近天堂的地方
天堂里应该能听到我的呼唤

上帝呀，我只想在思念中
停止呼吸

大理风光

我是多么喜欢苍山上的云雾
那样的袅袅绕绕
真像一位白族女儿风中的头巾
我是多么惊喜于你倒映在
洱海里的样子
真像一位白族女子正照着镜子
我看到大理寺山门洞开
还看到崇圣佛塔那么巍峨
天龙寺的钟声
已经骑上健壮的滇马
穿行在南国古道崎岖的山路上
一位权倾朝野的帝王
在一盏青灯的光晕里成佛
仗剑走天涯的英雄
成就了《天龙八部》的武侠传奇
金花，你是一朵花的名字
也是大理最美丽最动人的女子
我还要说出一个秘密
离开大理的这些日子
总有飞舞不息的彩蝶闯进我的梦里
被一个人痴情地惦记着
大理是这个世界上最幸福的地方

第七辑　黄山的家乡

冬日宏村

我已经第四次踏上宏村的画桥

这水墨画里的拱桥

美丽如故。只是那些蓬蓬勃勃的荷花

已经退去——空留下一汪南湖白水

回头看一眼寂寥的皖南大地

一无所有为什么却让人牵肠挂肚

美好的事物犹如危险的闪电

我用一生的光阴等待那瞬间的呈现

那些竹雕和美食

那些古老的门鼓和业已朽蚀的门槛

那些惊人的传说和离奇的故事

我像这个冬天的风

穿行在惊悚而寂寞的水巷

宏村应该是粉墙黛瓦后面的一位闺秀

关于她的美丽

我们实在是一无所知

写棠樾牌坊群

你说你看到的海棠生长了多久
四百年？
不止，肯定不止！
四百年的时间只够修建七座牌坊
瞻仰牌坊的人已经又去了四百年
明年后年再后年，还会有人来

你说海棠的树冠能有多大
天井大？
何止，何止天井大！
海棠的树冠肯定大过皇帝的御辇华盖
它有一个皖南大
顶多比一段历史短七寸

（其实惧怕消失的不仅是人的生命
包括虚无的思想和脆弱的愿望）

过九华山

一场雪在我们之前抵达
九华山在雪花飞舞的前方

曾经觉得遥远的佛国遥不可及
今天我匍匐在尊座面前
看到——原来在心里
风雪，寂寥，偶尔擦身而过的车
我不知道在香火缭绕的山里
还会有谁跟我一样
为无法登顶而满腹惆怅

我去过峨眉
在三曼陀菩萨尊前虔诚祈祷
万年寺的清晨像那年秋天的一阵风
带给我无数的美好和信念
让白龙江从我的脚底潜入我的血脉
让黑龙江从我的头顶渗入我的思维
我所看到的景物都已经插上翅膀

今天我从九华山前走过
宁愿相信雪也不相信冬天
坚守一个温暖的季节而放弃恒久不变的光阴

今夜我听到远方的钟声

正在改变我面前烦琐的事物

我去过婺源

你嗅到了樟木香气的时候
你就到了婺源
被森林覆盖的那些山峰
已经被幽怨的鸟鸣无数次点击
你说那些沉默的古樟
像不像从没离开过大山的人

我是热爱婺源的
因为那里的山冈和炊烟
印合着我前世的忧伤

到过婺源的人都会爱上那些
白墙黛瓦的村庄
在那个天气微凉的秋夜
我一个人循着溪水的召唤
穿越我有生以来
最漫长也是最静美的黑夜

你说这是为什么
被人们经历过了的美好
就会在记忆的深处迟迟不肯离去

对婺源油菜花的想象

是我身体里一条执着奔涌的河流

那些花朵就是我年轻时的爱情

杂乱纷呈的芳菲

生命中不能承受之轻

毫无顾忌的浪花已经铺展到我不知所去的地方

我已经来过

那么等我再次念起你的美丽

心中坚固的山河会承受怎样的毁灭

婺

你是一位静美的

女子

你的家在大山深处

在白云后面

在清澈见底的溪水边

你的美丽

在语言之外

在传说之中

因为思念你有了忧色

但你是坚强的人

一手持矛

一手握卷

把一座大山

装点得色彩缤纷

婺——

一位静美的

徽墨写就的女子

大地之诗

一

你是唯一的世界
桫椤丛林和那些不知名的鸟类
还有山脉、河流、广阔的沙漠、无边的海洋
以及终日辛劳的人们
在你的土地上同生共亡
一切都在聆听来自大地深处最善良的声音

大地呀

二

把春天从时光里捧出来
把芳香从花朵中捧出来
把笑容从忧伤里捧出来
把孤独从众生中捧出来
把安静从喧嚣里捧出来
把快乐从纠结中捧出来
把一切生命的道理从大地内心里捧出来

大地呀

三

战火耕种过的地方
鲜花依然开放
洪水淹没的家园
在诗人的声音里重建

你需要阳光，阳光从来就没有消失
你需要粮食，麦田里翻滚着波浪
你眺望彼岸
大地上总有一艘为你准备的方舟

只要你要，只要我有
大地呀

四

听一听潮水的声音
你就能听到千万年之前月光的呼唤

一叶草的光芒能够刺痛浑浊的眼睛
一滴水能够打开一座甘泉的宝藏

五

就这样拔节、开花、结果
就这样颗粒归仓

只要立足在大地之上
逾古不朽的顽石也能开放出鲜嫩的花蕾
萧瑟荒芜的岁月之夜
有一盏灯火只为你而明
生死骨肉的大地呀

六

请允许我在你的领地里建筑我的木屋
请允许我每天都能看到悬崖上的英雄

我用大地上源源不断的流水
和我心中绵延不绝的爱情
清洗那永不愈合的伤口
抚慰那永不泯灭的星辰

黑夜里唯一的思念
诉说我的牵挂，我为一切生灵祷告
生长在大地上
我们是多么有福的人

七

坚实不可动摇的大地
蕴含着生命道德的大地
金刚一样闪烁而珍贵的大地
已经福泽万世还将照耀未来的大地
大地呀

第八辑　苏北，苏北

麋之歌

三百万年，应该还要更久远些
你把我的心思带到那么远的地方
一直带到太阳的边缘
三百万年之前，伟大的海洋以虔诚的灵魂
为高高在上的宇宙，把巨大的珍珠
撒在雄鹰才能抵达的喜马拉雅山脉的巅峰

究竟谁才是这个世界的主宰
三百万年前的早晨，原始人逡巡在辽阔的非洲大草原上
以灵长类特有的智慧，与死亡和灾难周旋
而古老的东方传来了山呼海啸的蹄声
麋鹿从雷霆深处驰骋而来
百兽退避，鲛龙潜底，异禽噤然
那明澈的眼睛澄清万里尘埃
那高昂的头颅环视五洲荒芜

你就是诞生于混沌之初的太阳
你见证了生命最初的怯懦和脆弱
波涛汹涌的黄海一退再退，退出东方三百里
中原大地上你是一头灵异的神兽
多少豪杰膜拜在你鼓角灯前
万水之水养育了你，日月星辰照耀着你

优雅，威严，强大，你们组成了生命史上巍峨的群峰

请把隐忍深藏于骨血

请把包容深藏于灵魂

请把爱的森林植遍这个变幻无常的星球

王者，你是你们的领袖，你仰天一啸，世界全都低下自己的头颅

在诚实的猎手消失之前

你们曾经是人类的影子

一亿五千万人口和一亿五千头麋鹿共同执掌着地球

夜晚的滩涂飘荡着梦游者的身影

盐碱地上特有的腥味，彻底击垮了素食者的味蕾

从此，我们已经变得十分陌生

祝福的刀剑犹如雷雨之夜的闪电

供奉的祭坛上上演着我们多么熟悉的舞蹈

友善的眼神里布满血丝

每一个宁静的长夜都是被一声梦呓惊醒

从自由博大的森林到高墙深院的花园

人们似乎忘记了曾经对你的尊重

那些嗷嗷而鸣的哭泣

那些歌舞升平的放荡

当人类毫无节制地繁衍子嗣的时候

麋已经走下万年神坛，那殷红殷红的血茸

沦落为皇室王孙寻欢作乐的灵药

地球上最伟大的生命，脱下了他霞光万丈的冠冕

谁也不能用不朽的岩石和永不枯竭的海水再去宣誓

爱情像一条柔弱的水蛇

消失在金滩湿地的秋天

只有七彩缤纷的狼尾草在永恒的时间里摇曳不停

你历经灾难，但是你不会消失

因为你的身后有一尊帝王的身影

你的血就是一个帝国气贯长虹万邦来仪的威风

庞大的王朝说到底就是你血脉之川上的一次颠簸

感谢那勤政不辍嫉恶如仇的雍正皇帝

陛下以他的传承而完成了东方神兽的传承

当然还要感谢有情有义多才多艺的乾隆皇帝

我不知道在帝王的梦里，是否祭供过麋的牌位

你历经灾难，但是你不会消失

因为你命中注定要与一位来自法国的博物学家会面

东方在这个叫大卫的洋人眼里已经很神奇

而你的出现则令他一遍遍呼喊上帝

两块大洋换取麋的几块骨头

不光彩甚至是可耻的交易

为世界完成了一次光芒万丈的发现——大卫鹿

从此，人类开始了对远古时期的集体回忆

我说不清楚，这样的仪式之后，有多少忏悔有多少谴责

你历经灾难，但是你不会消失

在大西洋不列颠群岛上，有一座属于麋鹿的乌托邦

（请原谅我的固执，我更喜欢把伟大的乌邦寺

误读成是麋鹿的乌托邦，即将消逝的生命的乌托邦）

英格兰贝福特公爵买下了欧罗巴土地上全部十八头麋鹿

其实也是当时地球上的全部十八头麋鹿

麋鹿放养在开阔的乌邦寺庄园

肥美的牧草，古老的橡树，稠密的丛林，丰沛的人工湖

濒危的物种再一次找到了重生的路

毫无疑问，贝福特公爵完成的是有史以来最伟大的收购

你历经灾难，但是你不会消失

你是否还能记起故国的模样

梦里山河，依旧葱茏，长江黄河是你永远不落蒂的脐带

1985 年，也许是经不住麋鹿嗷嗷不息的梦呓

贝福特公爵的世袭子嗣向中国政府慷慨捐赠 22 头麋鹿

1986 年，请让我们记住这个年份，1986 年

全世界共同见证了一次伟大的回归

39 头麋鹿远涉重洋回到他们前世的故乡

黄海之滨的大丰麋鹿保护区

39 个流落他国异乡的精魂呀，39 颗生命的钻石

也是 39 位气宇轩昂的王者

——归来！

初夏的阳光呼应着远处黄海的潮汐

海风像一首缥缈的赞歌，在麋鹿的大地上荡漾

众神早已经消失在传说的故事里

只有神鹿枝蔓的角上，笼照着至圣的光芒

紫得诱人的桑葚果

像神话里的眼睛，盈满恻隐的泪水和驯良

往事如烟，黄海之滨传来剧烈的声浪

滩涂，草塘，盐碱地，还有远处朦胧的村庄

共同呈上心底最简洁的誓词——

生命在生命的乐土上永不退缩

生命就是阳光、大地和雨水的衣钵传人

与古老的太阳生死与共

与辽阔的大地执手偕老

让美好的品格永世长存

让每一株草都来分享四季的歌声和喜庆

最辉煌的神性已经铭刻在生命历史最坚韧的胸膛上

最漫长的苦难转瞬之间已经如眼前一片浮云

请接受一个世纪曾经感动过天地的语言

请接受已经日渐生疏的人类中仅存的温柔

请接受苍天与黄海最后的恩典

请接受过去的历史和未来的历史一如既往对你的爱护

平原在你的面前铺向远方

斑斓的狼尾草是这个世界上最诱人的圣餐

我要用喜悦，血性，巍峨，用坚不可摧，用经久不衰

告诉这个星球，你就是生物世界的主宰

大纵湖

阳春时节的大纵湖

苍茫一片

有人流连于

樱花大道的艳丽

轻轻一摇

这个春天已经所剩无几

陡然传来一两滴鸟鸣

牵动我的思绪

其实，大纵湖的对面

就是我的故乡

红冠鸟像爱串门的农妇

在芦苇丛中

飞来飞去

用一只脚独立于木桩的鹭鸶

低眉垂目

显得若有所思

波光潋滟

草色青翠

我对同行的人说

我们居住在相同的水域

但是

这里不是我的家乡

弥漫着酒香的小镇

高沟是一座弥漫着酒香的小镇
殷红的曲虫无处不在
衣服上，发丛中，鼻孔和眼睛里
甚至痒痒地钻进心里

夕阳下的古镇惘然若失
像一个嗜酒如命的苏北醉汉
晚祷的钟声隐隐约约
而老槐树下的钟绳已经不见踪影

我要告诉每一个人
天泉之水天上来
我要告诉每一个人
金城上空的鹰就是不朽的大风悲歌

迷人的酒香
是一千零一个故事的引子
在这异乡宁静的深夜
请你与我共酌今生的孤傲和平淡

温泉小镇

到东海古城

到东海的温泉小镇

这个冬天

犹如赶赴一场约会

我已经心猿意马

北方的风跟我梦见的一样

如果没有勇气

如果不是从骨子里喜欢

你肯定会冻得发抖

肯定伸不出拥抱的双臂

温泉因为爱而充盈

而那一夜

温泉的波光

正是初恋的一次回眸

青春和未来都融化在了

温暖宜人的泉水里

水晶之恋

好吧，我就叫你水晶

你数亿年之外的眼神那么纯净

你沉默的嘴唇就是我爱的深渊

多么漫长的光阴

天空已经不再是彼时的天空

群山早就沉入了大海

我以为你是脆弱的

而当我喊出你的名字，抚摸你的光芒

我猛然醒悟

世界是多么轻盈

黑暗已经被你磨得闪亮

时间正如这个冬季到来之后，落叶遍地

水晶，你这没有翅膀的精灵

爱和死亡在你的孤独中击节高蹈

东海之夜

没有海浪的声音

没有八爪鱼游进我的梦境

这座小镇有一个好听的名字

温泉小镇

一说出口，这个冬天的夜晚

就不再寒冷

就变得异常丰满

越是想见到你

就越是怀疑自己的记忆

我已经想不起来你的模样

多像一匹被疾病困顿的老马

本来我是要在黎明之前

赶到你的身边

献上我从龙王水晶宫盗来的藏宝图

而异乡的孤独

出卖了这个冬天的秘密

无尽的星空

和大海深处缥缈的歌声

注定了是我一生无解的蛊毒

沛泽之乡

一直向北，躲过寒流的拦截
向北，把荒芜的田原，寂寞的村庄
还有冰封的河流，甩在身后
我只想赶上我的前世

那些陌生的面孔
那些恍若隔世的景物
那些被洪荒之水灌溉的田畴
那些悬挂在风暴之翼的歌声

我必须低下虔诚的头颅
必须忘掉今生的忧伤
除了赞美
我不知道我还能说出什么

犹如游走的灵魂找到了风干的躯体
今夜，沛泽之乡开遍妖冶的彼岸花

连岛归来

海风不停地不停地吹

密集的鱼群涨满我的衣衫

甚至游进我的血脉

浓雾掩去了黄海上的樯帆

我独自站立在突兀的礁石上

眺望无尽的远方

陡然传来海鸥的鸣叫

暮归的渔轮在我的面前慢慢显现

转身我就将返回我的家乡

连岛，能不能赠我一缕腥味的海风

带给我不能同行的人

玻璃泉

初夏的早晨，微雨

去都梁山的路上行人稀少

沉默让同行的人格外亲切

长途奔波的风尘

留在昨夜梦里

潮湿的汽笛在远处鸣响

淮河波浪像一支晨曲

在耳畔萦回

玻璃泉——多好听的名字

此刻，我们迎接最美好的时光

躬身掬水的时候

我的双手如同消失般透明

只剩下骨骼和纯蓝的静脉

仰面向天

雨水涨满了我的泪腺

这个夏天为什么我的心底一片润泽

吊泗州古城遗址

汴河还在

城池当然也在

淮河在不远的地方流淌

油菜已经收割

冬小麦倾斜着护住田畴

从繁忙的公路转身

我穿越至康熙大帝的王朝

1680 年的这个时节

一场连续倾注 71 天的暴雨

引来了淮水夺汴

等太阳再次升起的时候

泗州城已经沉没

三百多年之后

面对一片狼藉的废墟

我的内心开始一寸一寸地荒芜

汴河静止的水域

极像空洞失神的瞳仁

我的身体开始下沉

哀伤之水再次漫过了我的胸口

在第一山上看淮河

逝者如斯乎？

在第一山的凉亭上

近处的石榴树花期已过

流苏的蕾装扮着澄明的天空

花谢了，果实还没有成形

无数寄托着朴素心愿的红丝带

缠满那些古老的枝桠

看远处

白水之上有船队缓慢向前

被枝叶割碎的波浪

偶尔在目光的缝隙里闪烁

侧畔传来诵经的声音

像晨雾一样袅袅绕绕的

笼罩住凉亭上的山顶

时光呀！已经在梵呗中黯淡

正如爱情敌不过红尘

此刻，迂回于五月的边缘

布谷鸟急促的鸣叫

使得这个夏天显现出某种不安

低头看一看铺满青苔的石阶

竟发现童年的紫桑葚落满山径

在窑湾

你不在窑湾
大运河上泊着十里樯帆
有滚滚的波浪
有栖息的鱼鹰
但是你不在这里
红灯笼像星星一样闪眨
钟吾国的女儿
会在什么时候出嫁

你不在窑湾
碑亭的井栏边没有捣衣的声音
古槐的石凳上没有针线
青条石的巷子没有尽头
最后一扇窗户
也已经落下沉默的窗棂

你难道真的不在窑湾
向南看到淮泗
向北看到泰岱
向东是一望无际的海
向西则是不忍再看的英雄的彭城
你不在这里

教堂的钟声像炊烟一样升起
繁华的记忆已经远去
那么你何时还将回还

你不在窑湾
今夜，你就是我的
窑湾

建　湖

我为什么喜欢这个名字——建湖
九龙口的水面洋溢着母乳的清香

建湖，像一艘船行驶在我的童年
那些翻涌的浪花一直追逐着乡下少年的梦想

油菜花已经蜕下金黄
一览无余的旷野上吹拂着熟悉的风

在苏北，是的，在古老的苏北
就算向前推出万万年，我们依然在苏北

我们共同拥有神奇的五谷树
在稻麦稷黍的年份里我们一起迎接丰收

在鱼虾穿梭的年份里
我们祈求万能的上苍降伏肆虐的洪魔

我们把财富浓缩成一颗牙齿
把土地，把二十四节气，提炼成无名指上的黄金

第一次走进我的呓语

那些陌生好像从来就没有出现

是的，在我们分别的时候，我们从来就没有分别
我们拥有一个共同的名字——里下河

云台山

我更喜欢你的另一个名字——苍梧山

微雨如雾
苍梧秀峰笼罩在薄丝下
我为什么会想起南宋
那登高眺远的女子
明月沉海
渔火笙歌
世界曾经多么安静

三百年
是一棵树上龟裂的皮肤
是一坛老酒飘出来的清香
是一份记忆依然清晰
三百年前
苍梧还是一座海上绿岛
我不能想象
海水漫过我的膝盖
不能想象
人的心脏在卤水中钙化

难怪苍梧这个名字

总是带给我美好和疼痛
白云滞留着愁色
海潮徒劳而执着
心仪的人
三百年之后
海上依旧缥缈着你的歌声

注：云台山，位于江苏连云港市，登山可观海，又称海上云
台山，唐宋时期亦名苍梧山。

滩涂之爱

我想带着你
在夕阳的目光里
到黄海的滩涂上来
我们一起
深深地吸下盐的味道
一起听远处
潮水渐涨

我要带你来
让傍晚的滩涂
多出一份爱
盐巴草在春天里
纠纠缠缠
鸥鸟一声一声地叫着
渔——娘
渔——娘
澎蜞犹如向晚的
恋人
诉说着我们听不懂的爱

我是多么孤单
像狼尾草

行走在无边无际的

滩涂上

思念比海风还要无情

灰椋鸟

像乌云一样

笼罩在

我的心头

此刻，我一无所有

滩涂以无比巨大的沉寂和幽静

攫取我的疼痛

我冰凉的爱

在古银杏之乡

一

可能是因为太多的缘故

已经没有人稀罕

但我记得在童年时代

银杏是多么宝贵

无数的深夜里

捧着银杏

我就像捧着窗外的月亮

二

在我的记忆中

最美好的事物就是银杏的落叶

金黄的扇子

把夏天驱赶到很远的地方

把秋天的黄昏铺得十分宁静

我曾经一个人

忘掉少年的羞涩

和那些金色的叶子

一同起舞

三

春天的田野里

开满紫云英、三色堇、满天星

还有鲜茅针

但是没有人知道

在我的枕头下

一直藏着一枚越冬的白果

他是我的战士

也是我的奴隶

我没有理想

我只为一枚白果而保守秘密

四

我对故乡的全部记忆

仅剩下一棵高大的银杏树

我曾经接受它的荫庇

与灰麻雀和花喜鹊捉迷藏

也与老师捉迷藏

四十年之后

我专程潜回故乡

像一条回游的三文鱼

我清晰地记起银杏树的位置

那一天

阳光出奇的好
云朵庄重地参与了我的仪式
我在一炷香火前
恭敬地弯下腰

五

他乡的银杏
是否就是故乡的银杏
我让自己的思想
蜷缩到银杏的壳里
让烈火来烤吧
喷香的果肉送给每一位路过的人
那叶清苦的芯
留给我自己

六

我必须记住
否则我会忘掉快乐
忘掉无比美好的童年

盐 都

此去三百里

大海留下最初的青春

没有涛声

当然也没有樯帆

那白得像雪

刺人双眼的结晶

曾经印上谁的唇吻

狼尾草在风中

摇曳。呦呦鹿鸣

生命奔跑在夕阳的火光里

地老天荒——

这是我看到的盐都

时光需要怎样沉淀

甜蜜才能从舌尖上升起

一粒盐

就是一个最动情的故事

我这样介绍盐都

前倾的身姿

算是我对五月鹿王

致敬

羊寨的桃花

与其说桃花开满了整个村庄

不若说桃花开满了我的想象

比我高出一米以上的羊寨

比我高出两米以上的桃花

黄河的水是否依然浑浊

黄河故道上的风沙究竟迷住了谁的眼睛

说一声羊寨的桃特别甜

我就忍不住唇齿生津

羊寨，羊寨的桃花，黄河故道

我拿什么词来对应这些

星夜，星夜的露水，里下河的诗

这么笨拙，而且不够工整

走在射阳河边的时候

我就想，今夜，我会在羊寨的梦里

条子泥记

一

来这里我有两个收获
一是认识了一个字
箦，箦港的箦，jiang，去声
二是认识了条子泥
把大海比喻成母亲已经不再煽情
但我看到不规则的条子泥
还是颇为动容
（我的母亲八十高龄
满脸皱褶就像这令人起敬的条子泥
我祝她老人家健康、快乐、长寿）

二

下午到达海堤
海水像快要决出眼眶的泪水
涨得很高很高的
黄海一望无垠
天空万里无云
滩涂上没有一个人影

我成了一个若有所失的人

却不知道丢失何物

回头看到一蓬灰白的芦苇

夕阳镶边

微风中轻轻颔首

白头到老的事物成了这个黄昏

对断肠人最温暖的安慰

三

盐是青白的

盐蒿草是暗红的

被海堤围出来的洼地

蓄满了这忧伤之色

一群白鹭像雨点一样飘落

那些忧心忡忡的白

是不是天空对大地的悲悯

站在海堤上望过去

我十指相扣于胸前

迟迟不能松开

四

再次抵达海堤是在深夜

我不想说世界有多黑

风声有多紧

宇宙其实是多么狭窄

我必须坦白我心怀无数恐惧

远处的星光和渔火

一边闪烁，一边奔跑

我屏住呼吸、闭上眼睛

假装跟这个世界没有干系

（数日之后，我又想起那个深夜

我已经忘了我怕谁、怕什么）

五

（条子泥之行

我特别想记下来的是观日出）

黎明之前

时间既缓慢又沉重

混沌的大海翻滚着荒凉

我双手抱肩犹如抱着人间最后的柔弱

秋声依稀，那些微小的生命

陪我坚持

我开始想象太阳在地下疾行的样子

想象白天见过的灰椋鸟

在巨大的风车叶下甜蜜呓语

一瞬间，真的就是一瞬间

太阳已经探出半张脸庞

时间之光既迅疾又轻灵

海上铺陈金色的云梯

奔向太阳这应该是唯一的道路

海风撩起单薄的衣衫

深秋的凉意真切而至

大海就是大海

滩涂就是滩涂

无数的贝类蜿蜒而过

至于太阳倏忽之间已经百尺竿头

最忘不掉的是一艘搁浅的渔船

有点破败，微微倾斜

桅杆上空无一物

无声无息地盘坐在我绕不开的视野

俨然是深秋大海的王

六

一直觉得条子泥有意味

一直认为能为这处世界自然遗产写点什么

好了，写下来了

我敢肯定的是条子泥此刻面无表情

凝望彭城（组诗）

观汉画

那些神话中的鸟兽

其实是真实的

它们为我驮来了苍天和祥云

那些长剑和酒樽也是真实的

剑气逼人

酒气也逼人

我在一场战争中寻找

寻找我梦里的英雄

迎亲的唢呐吐露出宝石的喜悦

陌上的新娘

我喜欢你舌尖上的玫瑰

也喜欢你水葱的毒

云龙山呀

我多想站成你千年不化的石头

等候桑树下那款款而行的人

造访李可染故居

一

与几步之外的喧嚣截然不同
不同得像是两个世界
我不知道跨进这道门槛
将会遭遇怎样的水墨王国

二

彭城秋日弥漫着桂花的香气
师牛堂前的睡莲
莫非是前一个世纪遗落的梦想

三

在您逼真的画像面前
我静穆而立
想起启蒙我的祖父
教我如何握笔、运腕、一气呵成
告诫我写字的时候一定要心正身直

四

空寂的展厅显得分外凝重
我确信水墨的神灵飘满这个晴和的午后
"孤独得还不够孤独"
是这样的,总有一两次心跳
引发我身体里的雪崩

五

那些千峰竞秀、万壑争流的情景
那些拙巧奇正、力透入木的书写

六

一个疏于书画的后生
是因为仰慕一位先贤的声望
而从千里之外的乡下赶来
只为看一眼您"东方既白"的匾额

七

站在逼仄的天井里
我在冥想
落笔之前彭城的上空
一定已经就有雷声滚滚
落笔之后九州大地
至今仍有墨香氤氲

八

也许有人是为临摹而来
也许有人如我是为拜一拜您而来
但您一视同仁
赠四字勉后生——
所要者，魂

致故黄河

犹如一个游子在深秋的傍晚重返家门
故黄河，我用沉默的诗歌，问候你

你是丰沛的，尽管不如我想象的那样浩荡
你是凝重的，尽管不如我想象的那样庄严

故黄河，我终日奔波的亲人
在这样的夜晚我还是看到了你的疲倦

我愿意在这异乡的梦里回游
找到你源头的部落，重新举起一柄石斧

听从你的号令去围猎一只野兽
或者在中原的荒野上播种风雅颂

我愿意紧紧握住你的根须
就像生怕迷路的孩子紧紧抓住你的衣衫

我不愿与你分开
就像血不能与血分开、骨头不能与骨头分开

寒流正在遥远的北方酝酿
我担心你水底的鱼群和田野里的庄稼

而明天，又一个日子到来之后
我将再次从你的眼睛里、肌肤上、爱怜中，退去

我去过你家

我去过你的家
没有人引路
我径直找到了你的家
我赞美你的村庄
博得了那些乡亲的好感
我说那些陈旧的房子
依然像花园里的花

我去过你的家
对着虚掩的门扉
我轻声喊着你的名字
多么好听的名字
像一个惊艳的时令

我去过你的家
打扰了你家看门的狗
它用我听不懂的语言
让这个陌生人离开
我远远地看到了你描述过的柜台
柜台上那盏简洁的台灯

照见了你写字的模样

我去过你的家
我看到天井里种满了你说过的草
还有你告诉过我的树
几只警惕的羊
像一堆白云在围墙里游荡

我去过你的家
但是我没有遇见你
邻居说清早就见你下地了
要不要等呢
还是去田野里找你

最后我选择了给你留言——
我来过
看门的狗狗可以证明
我喊过你的名字
美好的时光可以证明
我先回去了
明年的春天可以证明

石　榴

这个秋天我唯一的印象

就是那些燃烧的石榴

手臂缠绕着手臂

呼吸抑制住呼吸

生命就是一枚血脉偾张的果子

赞美从来就不能表达你的美

正如疼痛从来就不是一种痛

无数的日月藏在你的心中

对于陌生的城市

我不能忘记的就是你的酡红和丰润

我用孤独的思想

碰撞你寂寞的狂欢

这是一个命中注定的时刻

请允许我打开你的轻柔和矜持

第九辑　苏北向南

松江三章

之一

没有人认识我
在这个夜晚我就是一封
没有地址的明信片
松江，是一个多么好听的名字
星星纯净
夜空如洗
香樟树随风起伏
秋虫不再鸣啾
我不知道此时此刻
我还能生出怎样的奢望
只求雨水归于湖泊
雾岚归于山峰
万物都在今晚回归自己的睡眠

之二（或者叫娄底）

像江山一样辽阔
像深秋一样迎接寒流
娄底，离我有多远

像潮水一样的音乐注满我的耳郭

像水果一样的交谈变得缥缈而含糊

其实我不需要娄底

正如娄底对我充满敌意

我不在乎娄底有多美

我在意的是关于娄底的故事

之三

我为什么对陌生充满好奇

譬如此时此刻的松江

黑夜如盖

除了夜行的人

大家都在彼此鼾声中入梦

尘埃已经落定

市声也已经平息

我享受着难得的清净和空旷

如果愿意

我宁可不做诗人

而做一个贩夫或者走卒

然后在一蓬灌木丛的阴影里

说想念

山水有心

我想有座山，不管它是否挺拔
于是你带来了一群山
像绿皮火车一样开进我的夜
我想有条河，哪怕是一线溪流
于是你引来了一泓水
像古老的丹青渲漫在我的书皮纸

我在山巅寻找，寻找飞鸟的痕迹
风声紧，云无羁
那些光秃秃的树枝就是强直的手臂
你应该告诉我曾经的春天
应该成为风一样的孩子
于是，我看到了你的青春年华
山峦起伏不定，我抚摸到了山色葱茏
和你这异乡美人剧烈的心跳

那些芦花在枯水的岸边盛开
落单的莲蓬低下了头
你是洁白的，上苍喂你以云朵
你是坚劲的，大地哺你以清泉
我来告诉你，寒冷在深夜吞噬了雪花
珍珠收回了失散多年的光芒

溪流在梦中的疆域蜿蜒
流水说出了江湖上消失已久的秘密

山是山，水是水
它们在时间的缝隙里各行其道
在冬日黄昏交换温暖的手势
世间万物随风而去
宇宙多像一座空旷的教堂
钟声悠远，异乡人看到了，山水同心

虞山下

虞山就像一块董糖

这么多年过去了

我还能嗅出空气里的甜味

站在乌衣弄的麻石路上

世界好像是一块停摆的时钟

只有言子桥下的流水

像美人的小心脏，一路起伏

真的不想移动半步

也不要一生追求的理想

冬天的虞山卷起半幅的阳光

我看到了陈年的爱情

像一座年久失修的楼台

在树丛中轻轻摇晃

那么迷人而生动

天目湖笔记

天目湖！
上苍的眼睛，就是你的眼睛。

唯一的水，唯一的光，唯一的星空，唯一的波浪，
唯一的夜晚，唯一的寂静，唯一的唯一！

"夏天令我们吃惊，它越过斯塔恩贝格湖
带来阵雨；我们躲进柱廊里，……"
在天目湖之滨的晨曦里，我说，五月也是一个残酷的月份，
漫山遍野的夹竹桃，开放着骄横的花朵，回忆和欲望，正如诗人
所说的那样，用潮湿的风摇动着迟钝的根。
天目湖是一片靛蓝色的水域，荡漾在我的记忆中。

当思念是一个词汇的时候，思念是一枚落叶，
当思念是一支射向远方的箭矢的时候，思念就是一声呼唤。

风生水起，请想象一下吧，这是一个多么了不起的发现，请
想象一下吧，你一个人站在风的边缘和水的深处；
不可想象的是，任何一门宗教和哲学，如果没有风声，没有
水流，它将如何传世和生长！

子规不会停止歌唱，只要它的血还没有啼尽。

如果我必须做一枚齿轮，我就装备在一座时钟上，准确无误的时钟，每天叫醒不变的约定，让你崭新的一天从容起步。

夜晚来临，沿湖堤岸的霓虹灯展开无限的翅膀，羽毛一样的光芒遮蔽了天目湖原有的容颜，炫目，惊艳，而又变幻不定；我倚在凉意如针的栏杆上，看不到波纹，也听不到浪声，但我知道，水并不安静。

最神奇的一个词肯定不是"神奇"本身，而是我们使用频率最高的一个词——感觉。

它是一双手，一万次爱抚；它是一双眼，一万次凝视；它是一张嘴，一万次问候。

没有了声音真的还可以歌唱吗？
没有了双腿真的还可以奔跑到你的面前吗？
我在与世隔绝的深夜质询诗人。

夜晚宁静，窗外密不透风的漆黑，体内波浪滔天的思绪，偶尔传来几滴失眠的鸟啼，我知道，这些就是我对天目湖的记忆。

对于虚无的影子，我们如何拯救？

身处异乡的时候，沉默就是我的家园。

写作不是写字，我在写作的时候，我会不停地诵读，我的声音从我的肋骨之间渗出来，我看着它缓缓流进那金色池塘，你听到了，才算我真正写出来了。

　　柔情为什么似水？在这个晨曦微明的时刻，我对着轻纱笼面的天目湖茫然而惶然地问自己。

　　照耀二百里之外的光线，去问候你的晴朗和阴沉；
　　穿越陌生的丘陵，陌生的河流，还有不知名的树林，但是，我必须准时到达。

　　人一生要走过多少地方？
　　我不知道我还会抵达怎样的彼岸，我只能记录下在天目湖的三天，只有夜晚，没有清晨和黄昏。

登南京台城明城墙

一位南京古城墙研究专家告诉我们：这里的每一块方砖的年龄都是美国历史的两倍以上。

这一步
一退六百年
这一退
触碰到了一枚
叫作明朝的键

你听一听
六百年之前的声音
炼丹人的谶语
如梦魇一样缭绕不散

你听一听
六百年之前的声音
窑工的号子
在荒野上空逡巡游荡

分不清是呐喊
还是呻吟
分不清是刀光剑影

还是妻离子散
——阴谋！

阴谋到底藏在
哪一块城墙砖下
深秋
落叶和飞鸟一起
向南，向南

泰伯渎

经过你的时候
我就认定你是泰伯的女儿
凭着清澈、缓慢和安静
更凭着我深信的缘分
你这泰伯的乖女儿

空气是热的
地面是烫的
黄昏是粗俗的
连鸟鸣都是烦躁的

我从你的波纹里看到了清凉
你的嘴唇是这个黄昏的风
你的传说是这个陌生之城的水声
你的怀抱是流浪者的歌
你的美是仲夏夜的梦

泰伯，我这样读出来的时候
可以想见文王帝的谦卑
我这样读出来的时候
江南的桃花像雨一样落满池塘

今夜

我将沉溺在泰伯渎的水底

如一叶五千年的青荇

焦 山

第一次去焦山是在冬天
记不清究竟有多冷了
黄昏时分
夕阳就是冰糖葫芦串上的
最后一枚山楂
悬挂在我味蕾的深处

第二次去焦山是在春天
应该绽放的花都已经绽放
激荡的江水像丝绸一样
围着那个春天欢呼，远去

这次来焦山是第三次了
一切都没有改变
石头还在
桂花树还在
满山的葱茏依旧葱茏
就连天上的云朵也像故人一样
尾随而来

每个人都在岁月里埋下过种子
从此不管你如何匆忙

你的影子都会有树木的清香

你的梦境都难免有落叶遍地

灰麻雀成群结队

你一抬头它们就没入丛林

沉默的古炮台

仍然有一支神秘的军队潜伏在大地深处

焦山就像是一个曾经陡然消失的王国

不为人知的秘密

终究不为世人所知

金陵的夜晚

我不太喜欢这座城市
如果一定要喜欢
那就喜欢它的过去
说白了，就是喜欢秦淮河
桨声灯影
以及河两边的传说
那些缥缈那些琴瑟那些叹息

最少有十年时间了
南京一直像个大工地
不是拆迁建设就是维修抢修
噪声和灰尘把个六朝古都埋葬得
彻彻底底
我经常怜悯那些被古城墙圈起来的人们
生活安能如此为继

我多次走进我不喜欢的地方
是因为我的女儿在这里读书
她总是念念不忘紫金山脚下的樱花
还有这个季节的丹桂沁香
我最挂念的是木工院门廊里
那巨大无比的玉化树

摸一摸，凉透骨髓的感觉
终生难以释怀

金陵城的夜晚依旧难得安静
呼啸的车辆从不停息
我嗅一嗅已经感冒了的鼻子
不知不觉烦躁的感觉
就涌上了我的脑门
无意间抬起头
看到天丰大酒店的楼顶上
悬挂起一抹残月
我终于发现，这座曾经华丽淫靡的城市
就是这个夜晚天空中的那捧月辉

高淳老街

一

我已经做好准备
古时候的行头
古时候的问候
特别是我已经准备好
古时候的心情

二

那些房舍是陈旧的
那些招牌佶屈聱牙
那些檐口悬挂着黯淡的旗帜
那些斑驳的油漆
那些灰色的墙

三

在每一间店铺前驻足
我想看看历史掩藏的地方

一无所知的弹痕
毁于战火的笑声
我想看看一座古邑
深不可测的隐私

四

布鞋店里摆满了布鞋
羽扇店像一座巨大的鸟巢
豆腐干以奇异的味道
刺激外乡人古老的食欲

五

我逢人便问高尔泰的家在哪儿
老街上的人都说
没有这个人

六

"回到故乡，极目四望
恍惚中竟不知身在何处
儿时家山，早已经不存在了

变成我心灵中

一个虚无缥缈的梦境"

七

一无所有的天空

连云朵都没有留住

老街其实就是岁月的一段

盲肠

重回天目湖

一

如果说为了眼泪而保护眼睛是多么幼稚
那么，天目湖，为了回来看看你
我必须保护好自己的眼睛，就为好好看看你

二

曾经那么蓝的水体，像青春年代的纯蓝墨水
从白云写到山谷，白鹭从纸上飞过
风的橡皮一次又一次擦掉那些痕迹
爱情像一颗流星，坠落到天目湖的深处

三

湖水依旧透明，但是比记忆要凉许多
我的双手艰难地插入水中
冷，像玻璃的刃一样，切进我的神经
昔日是一条鱼，从我的指缝里滑过
只有美好的波纹坚持凝固在岁月的眼底

四

以柔软的方式安放盛大的空旷

在这个阴雨绵绵的初秋

远山的呼唤如此神秘，犹如波浪神秘的细语

天目湖，你是谁的眼睛

你容纳的是谁的泪水，贮存着谁的心思

你的委屈究竟从属于谁的委屈

五

美丽是因为冷漠吗？记忆是为了忘却吗？

在天目湖大坝上，我承认，这里是最美丽的水

而我始终记得她的透明和纯净

六

把曾经走过的路径再走一遍

却好像从来就没有走过

我起誓，真的没有走过，今生也不再重蹈

正如一只坠落的果子

永远不能回到自己的枝头

七

不要凝视那些多情的波浪
你会在恍惚中看见情人的嘴唇
不要聆听那些婉转的鸟鸣
你会在错误的和弦上听见上天的召唤

八

再坚硬的石头也敌不过一万年的水
再强悍的火焰也是水最忠心的佣仆
再坚强的天目湖仍然是柔弱的
我不忍触碰，那些在雨中飘落的叶子
那些淋湿了我的衣衫没入湖底的雨

九

重回天目湖
我已经可以不再为了诉说而保留梦呓的嘴

狼　山

我无法对你描述狼山

临江眺海的地方不说也罢

我只想告诉你狼山的香火兴盛

几尊佛像和缕缕香烟

建筑起灵魂的楼兰

宏大的愿望和卑微的乞求

在时间的蒲团上都一样麻木

我不知道，我们是否需要祷告

又不能肯定神奇的传说与我无关

不然我怎么会在今天

一个雾霾笼罩的日子拾阶而上

究竟牵挂了多少年

最美好的心思变成揪心的疼

南无大势至座前的烛光里，我不敢相信

爱是一道伤口

谁能够生活在大圣佛的时代

谁就能够摆脱无尽的折磨

救赎的台阶下，俯伏着江潮海浪的头颅

妄念是多么现实，漫长又多么短暂

秘密早已经呈现，岁月可以作证

濠　河

除了赞美，我还能对你说些什么，濠河
我已经才华不再，甚至心灰意冷
但是今夜，我要把最后的诗意和热情
全都献给你！
秋风一遍一遍地抚摸，花朵开始凋谢
古老的护城墙依然像一队战士捍卫着家园
舞蹈者的裙裾摇晃起黄海滨的渔火
倒花篮的歌声一直在长江波浪里传播
我至今没有信奉上帝，可是我相信那些奇迹
我渴望能够拥有无敌的力量
我渴望能够赢得光华四溢的冠冕
濠河呀，你是从宋朝走来的女子
超凡脱俗的女子！请接受我无知的冒犯
因为今天，在一座陌生的城市背影里
我爱上了你的静美，你的历史，你的智慧！

此刻，我在黄龙岘（组诗）

此刻，我在黄龙岘

我一直以为我可以控制好自己

遇见黄龙岘之后

我知道，我错了

这个遥远的地方像一堆篝火

照彻我的内心

一个成熟的男人

依旧如少年一样对世界充满欲望

此刻，我在黄龙岘

在这个远离喧嚣和物欲的地方

流水无言

峰峦激荡

山岚笼罩着静美的村庄

也缭绕在我的身畔

我究竟从何而来

我又将往何处而去

满目的茶林多像我已然陌生的初恋

请赐予我安宁，黄龙岘

我是你山谷里难觅归途的羔羊

山村落霞

我更愿意做一只蝴蝶
在这里，山花烂漫

寂静露出了笑脸
太阳花为什么没有惊讶

孤独的旅人，企图
用赞美偷走这里的安宁

一声鸟鸣触发了一枚落叶
霞光的纤指抚摸着蚂蚁的惊慌

如果星辰可以逃离天空
波浪可以离开海洋

如果芳香可以游离花朵
炊烟离开了村庄

那么，请放下命运的羽毛
我将选择没有开始也没有结局

时间是轻的，山川是轻的
夜晚来临，我低下露水一样轻微的头颅

吃茶去

你能看到的都不是真的
叟者和垂髫是石刻的
呼吸是石刻的
心跳是石刻的
惬意的心情是石刻的
就连他们的手势都是石刻的
茶壶和杯盏是石刻的
杯中之水是石刻的
洋溢的茗香是石刻的
满眼的绿色是石刻的

你所看到的都是真的
饮者是真的
呼吸和心跳是真的
飞扬的神采是真的
衣服是棉织的
手势是随心所欲的
茶壶是烫的
杯盏是温的
汤色碧翠像祖母绿
茗香四溢三千年不散
黄龙岘每天都是郁郁葱葱的

你到底看到了什么

吃茶去

你还能说出什么

吃茶去

牛首山礼佛

阿含经飘拂的天空里

无忧树撒下花瓣雨

牛首山远离繁华已成现世的秘密

南朝的钟鼓像一对沉默的玄鸟

踞守在无法抵达的云端

面对人间鼎沸

我早就放下了心中的武器

阿弥陀佛！世间哪来众多的菩萨

红尘如铁岂能被一双凡俗的眼睛看穿

此时此刻日光祥和

在黄金和手艺构建的绝代神殿佛顶宫中

透过沉香的渊薮

我愿为历尽劫波于烈火里重生的舍利

交出我的灵魂和梦想

化作一只蝴蝶围绕着鲜红的曼殊沙华

黄龙潭

用我的孤独打扰你的静谧
用我的沉默叩问你的宽容
黄龙潭，请原谅我，一个外省人
陡然慢下了脚步
已经很少有人相信这里住着黄龙
但是我坚信，这是真的
轻纱一样的雾霭，我爱你
谦卑的芦苇，我爱你
朦胧的民舍就是我心向往的居处
你的宫殿涟漪不兴
在你沉睡的梦里骏马已经不再飞翔
明月西沉
旭日未升
此刻，我必须说出
那些委屈，那些羞耻，那些缤纷的情欲
还有流言一样的秘密
黄龙潭
你是别人眼睛里的风景
你是我眼睛里的泪水
我的前生错过了你
我的今世依然只是一个落拓的过客
我为我的来生祈愿
让回归的尘土落在你的湖心

第十辑　骑鹤下扬州

登月湖

为什么如此幽静的水
有一个骚动不安的名字
多云的午后
湖面反弹出微蓝色的光芒

奔跑，或者轻轻走开
我只是一阵匿名的风
迷蒙的天空，转青的土地
还有微波粼粼的湖水

我想大声问个问题
这片空荡荡的水域
到底跟什么传说有关
寂静的空间没收了我全部的声音

放排的人已经离开
沉默的竹篙究竟等待谁的来临
我像一只落单的灰鹭
回望自己烟波浩淼的前世

登月湖
请打开你仁爱的波浪

让我疼痛的双脚
跨进你最初的涟漪

凤凰岛

我不能不说出湖水的记忆

除了水底的鱼群

还有随风航行的落叶

我一遍遍洗涤我的岁月

在波浪的沟回里铭刻

我的爱情

这个五月

子规藏身在灌木林里

缥缈的歌声像风一样

抚摸

而辽阔无垠的天空

正飘过刺眼的火烧云

桑葚紫了

成熟的果实遮不住

春天憔悴的叶片

酸甜的味道

像仲夏的一场夜雨

停留在我挥之不去的梦中

我没有恐惧

我想象过做一只蜘蛛

或者是带翅膀的蚂蚁

或者做一只玄色的瘦鸟

以精湛的武艺

守护凤凰栖息的国土

等我老了之后

我就把这块漂浮的土地

叫作凤凰岛

然后坐在一棵白杨树下

想象一则尘封多年的

童话

聚风岛

和我们一起应约而来的
除了回归的候鸟，就是这些
忠诚的风

诗歌的树叶，绝代的春天
我们一起进入传说的疆界

光在光芒之上
跳动在脉搏的中心
甜蜜像一滴露水挂在唇角

紧紧挨着的树木
已经寂寞多少岁月

让我告诉你
关于月亮上的峰峦和河流
关于梦想和泪水浇灌的家园
关于沉默和心底的忧伤

霁蓝釉白龙纹梅瓶

从你身边离开
你应该听到了我的落寞
今天来写你
就是要说：爱

霁蓝，没有一丝杂质
白龙，透视出静脉的颜色
梅瓶——亲爱的！

整整一千年
能改变的都已经改变
不能改变的
也在缓慢地改变

真想倚着你丰腴的肩头
看喧嚣之后的黄昏如何安宁
百转愁肠和多情骨肉
在你的唇吻间曾经怎样跳荡

谁说遥远
我已经伸手可抚
虽在眼前

又的确相隔千载

初会的一瞬
就是命中沉默的约定
不论再经受光阴怎样的伤害
我只对你说——爱

石柱山

岁月以瀑布的形状
凝固。我们看石柱山去

一亿年？十亿年？
也许更久远
但是我最关心的是
你的生命中是否有过花期
你的生命中是否有过爱人

单凭你深黑的骨骼
单凭主人对你幽远的描述
以及你于原野之上奇绝的显现
我会把心底沉睡的敬畏
和深藏的温爱献给你

杂生的乌桕
总让我想起一座古老的村庄
谁能说出被光阴遗弃的
河流和炊烟？

披满山坡的金银花
还有水白水白的野蔷薇

透过你们的色彩和芳香
我已经触摸到火山时代的热情
和石柱山夜晚的月光

离开之后我远远地回望
随着一声叹息
细碎的槐花已经落满山冈

注：2009 年 5 月 9 日游仪征石柱山，特记之。

印象扬州（组诗）

印　象

这是一座遥远的城市
比隋唐还要遥远无数年

所有的街道有一个共同的
名字——大三巷
仁丰里、毓贤街、汶河路
就像一棵树上的枝桠

绿杨城郭
就是一棵大树长成了一座城池
而琼花则是窈窕扬州的
第一个青春期

御舫搁浅之后
露珠一样的扬州开始憔悴

那一年再去扬州
我们去看霁蓝釉白龙纹梅瓶
外乡人的眼睛里散发出
鉴宝者特有的光芒

除了瘦西湖依然清瘦
扬州已经不再是当年的窈窕扬州
富态是一个多么阴险的词

但是如果要为我的诗歌寻找源头
我还会说出你的名字

扬　州

于春日芬芳的烟花
远望梅岭之上的青春年华
岁月像一列不倦的火车
隆隆地碾过我的记忆
碧翠的江山托举起
巍峨的蜀冈
谁已经看见内心的苍茫

话说大别山的余脉
如此坚劲
松柏如黛如深青的影子
是无边的起伏
也是无边的坎坷

啼血的子规以苍翠的声音
喊来又一个花开的季节

和流云载不动的忧愁
光阴连绵
光阴也破碎

热爱扬州
山河岁月里的扬州

给古运河

我是在黑夜里降生
我记得那夜的风声
那夜的浪花细语

我和我众多的兄弟
从黎明出发
找寻我们熟悉的呼吸
和那光阴之川里
层出不穷的波浪

肯定就是你呀
凭着你的美
和你血亲的样子

蜀冈下

寒流与午后的阳光

逼仄与弥漫的咖啡香气

天使之城

灵魂总能找到归属

爱和宽容穿行在林间

最遥远的就在眼前

最清晰的已经模糊难辨

生活是这样漫长

被时光严刑逼供的诗人

你的手指像你的嘴唇一样

独特而美好

草地在你的声音里生长

羚羊夺眶而出

卑微的仆人向你致敬

沉默的蜀冈

你是上帝最好的礼物

梅　岭

请求，请求所有人，绕道而行
请求不要说出——梅岭

梅岭，此时，杂草丛生

此时梅岭，山高水远

香气盈怀的天空
已经一无所有
繁茂的吉祥草始终承接不住一颗露珠

二十四桥的月亮
黯淡而荒芜
蜀冈上传来单调的箫声

绿杨城，今生，我不再记起的城
今生，我唯一的城

运河的浪从北向南，缓缓
扬子江的水从西向东，急切

我在高旻寺的钟鼓声里，双手合十
把祝福送给陌生的人
让泪水蓄满眼眶

岁月安好
我已经把理想彻底埋葬
梅岭，你是我草木芬芳的青春
你是我永不说出的爱情

瘦西湖（三首）

莲花桥

五月的阳光一直照耀到人的心里
所有的尘埃都已经落定
请让我在莲花桥的中央站下来
想一想我的前生
再看一看我的来世
多想听到一声轻轻叹息
从此，我就成为这座莲桥的蕊

小金山

暮春的阳光终于融化开记忆的石头
那座业已朽蚀的木桥
我曾经沉溺在哪一朵浪花里
倒转过身去，一声鸟鸣
像羽毛一样飘摇堕落在岁月的裂痕里
看一眼那些熟悉的景物
少年的无知和莽撞原来是这样深刻难忘
妄想的高度其实不过是攀登的高度
迎迓黑暗的到来
我总要俯下身躯如一头跛足的狼

二月蓝

于喧嚣不息的瘦西湖
你以沉默对阵尘世的浮华
我于万种芬芳里
捧出你的美丽
守候夜晚的降临
看着你怀抱满天的星星
入眠

第十一辑　里下河平原，母亲的平原

卤汀河

喜欢在静谧的早晨

俯身栏杆，等待一支拖队

从卤汀河上逶迤而过

警觉的黑狗猋猋着

而慵懒的船娘总对着河面梳妆

尖锐的曦光射碎了船尾的平静

细细的波澜散发出

诱人的遐想。如果就这样

如果由此生发的感慨

充满我对浮世烟云的偏执不放

卤汀河，你的波纹就是我内心的波纹

是小小的喜悦，也是隐隐的痛

上方寺

向晚的风吹过来
吹起满地落叶
也吹得人脑海一片清净
那些遍地闪烁的
银杏树叶
像是这初秋的露水
也像那满天的繁星

让我双手合十
把目光投向遥远的内心
在这个秋高气爽的时分
我说不清是否会在佛光的笼照之下
与我的前生
交换此时此刻的寂寞

殿外翘檐上的瑞兽
一次又一次摇响广玉兰的醒钟
顺着这直抵心田的声音
究竟会是谁才能到达
快乐无忧的境界
万能的佛祖，请在你纯净明亮的
酥油灯下印证我的心迹
阿弥陀佛——

唐庄印象

一个唐字就能唤醒一代繁华

组一个词，必定是大唐

麻石板迎迓有礼

一千年前的跫音踢踏可闻

向前，人与物都有自己的未来

唯独此刻时光正调过头去

朝着黄金时代慢慢靠近

穿越村庄的河流水波不兴

积善桥拱着背慈眉顺眼

红布的店幌在檐下若有所思

巷子里传来淮剧腔调，不忧也忧

一条久违的黄犬站起身来

对着陌生人咧了咧嘴

主人未归，来者必定是不速客

篱笆墙遮不住女孩子的脸

野菊花等待谁的手指去掐一掐

空落落的庭院空有满当当的阳光

这是哪家的华堂似乎无关紧要

堆成锥体的谷子散发出诱人的清香

生活就是这样的

别人的光景里容不下你的想象

收割后的田野是真诚的
繁华落幕，寂寞宏大
少年的草垛终究无处可藏
那些为温暖而担忧的冬天呢
陡然想起朋友推荐的白诗——
"万里何时来，烟波白浩浩。"
唐庄还在原处，唐朝已经远去

丁家村

这是一座水乡小村庄，五十六年前，我的父亲曾经在这里工作、生活。有一天清晨，父亲对我说，有时间的话，我想去丁家村看看。这样，我陪父亲去了丁家村。

人生在世那真是——
父亲一闪身回到了五十六年前

丁家村变了
河流变了，水码头变了
人当然也变了，变得老了

五十六年像一场漫长的夜晚
微弱的星光总在记忆的天空瑟瑟发抖

父亲不合时宜地对当年的学生
谈论饥馑，而饥馑已经不再让胃难受

埋怨，怎么会没有埋怨
生活像盐巴草一样艰难
理想像榆钱一样悬挂在高高的天上

父亲跺一跺脚，想让一些往事

永世不得翻身

所有能够回想的，在这个春天
在这场陡然而至的暖风里
苏醒，发芽，开怀大笑

只有父亲的白发
像一盏灯，那么刺眼

世界上最困难的事，不再是粮食
父亲对我说，如何平静地对待那场饥荒

听他们说说比我年长的故事
我的内心对"苍老"的敬意更加真挚
对于他们的笑声和口齿不清，我是多余的人

丁家村，我在你的水边濯洗
在你的田埂上行走
但是，我无法带走你的芳香和满足

记忆：乌金村的腊月

腊月总是深深陷溺在味觉的漩涡里

我们的肠胃毫无逻辑

爆米花的烟雾像雨后的云层

覆盖着幸福的巷道

谁还记得那样的数九天到底有多冷

如果你说一支牙膏皮只包裹着辛辣的味道

那么你是一个忘本的人

最起码你忘掉了麦芽糖的快乐

也就是我们童年的快乐

学校门前的银杏树是腊月里沉醉不醒的人

风一吹总要说上两句含糊不清的话

然后把仅存的叶子分发到我们的手中——

"你们有谁看过我的花朵

你们记住的就是我的果实。"

爆竹的声音里我们听不出贫困

那样的光景没有谁大声吆喝

多年以后的今天，我对着窗外遥望

终于看到了无数的花朵在故乡的田野里摇曳

那些散发出墨香的对联和花边
那些不一定是新做的但一定很干净的衣裳
那些悬挂在檐下的冰凌
那些只有一毛钱的压岁钱
说句不求上进的话
——真想找到一条路，回去

徐马荒：前世的故乡

一

三只白鹭
引来了这个秋天

芦花薄雪
全部沉淀在
徐马荒明净的眼睛里

二

我们粗心的脚步
叩开了这片荒原的梦境
像盐巴草的呓语
氤氲在秋月湖的水滨

三

五千年还是一万年？
蒲草的根须

究竟紧握着怎样的光阴

起风了
我要听一听风泄露的秘密

四

沉睡的种子
在黎明时分惊醒
这是那个春天的声音
青蛙聆听着知了的对歌
这是那个夏天的声音
冬天的声音
总是像冰凌一样刺骨
令人敬而远之

只有我的秋天
（这么多年来
我的秋天一直如此）
异美而磅礴
我们来听一听
这样肃穆的寂静

五

衰老的风车
即使在风中
也迈不开威仪八方的步子

落荒的红菏
襟前沾满了弃妇的泪滴

荒草的波浪
深埋下卑谦的头颅
牛羊的蹄声
已经消失在世纪之外

六

让我推开纵横的苇叶
我看到了脚下依稀的路径
但是我无法推动岁月的阻拦
更看不到一百年之外
生活是怎样的章节

七

鸡犬之声
日月之声
还有唤归的焦虑
洪荒与慈爱
居然如此惊人的一致

八

残缺的陶罐
隐藏了一段久远的历史
也怀抱着不朽的光芒

翠绿的水母
在湖底若隐若现
暗示着一条溯源的捷径

九

土地，阳光，水
花朵，飞鸟，风
我是这样亲近
我能肯定，我熟悉这里
这里是我前世的故乡

春天的故乡

马兰头已经在一夜之间

呈现于大地最朴素的宴席

那么，油菜花是否开放

对寒冷的记忆

使我成为这个春天最迟钝的泥巴

河里的鱼群似乎刚刚醒来

他们比天上游走的云朵

还要缓慢

为什么总是凝望着远处的翠鸟

我偏爱天空深处

那些从来不会融化的蓝调

如果让我来比喻想念

那应该是一对倾斜的翅膀

在风之下水之上

硬生生滑过

不论怎样的程度

也没有谁能看到痕迹

独自飞行的蜜蜂已经钻进我的窗户

关于花儿的歌声

弥散在这个季节的所有梦里

兴化（组诗）

林　湖

一望无际的南荡，一望无际
冰清玉洁的林湖，冰清玉洁
你驾驭着插秧号子的孤舟
逆水而行——我就是
那个周身芦花遍地芳香的人
吮吸红芦芽的指头一天天长大
黑夜的女儿，倾诉吧
我是你诉说的台词里最忠诚的词根

奔跑的麋鹿沉沦在洪水的漩涡中
庞大而复杂的水系，在一个惊悚的早晨
醒来。桨声零落，也摇碎了一个氏族
苍白的梦想和她单纯妖娆的姓氏
是选择迁徙，还是向往飞翔
面对吴楚大地氤氲的晨雾，和它漆黑的
夜晚，林湖，美丽的始祖
点燃青铜的篝火，对未来充满忧伤

一只优雅的陶罐
就是三千里水域泽国的万古之源

春天的波浪，夏天的光芒

秋天的鹭鸶和冬天满目的芦花飞絮

你的襟怀之间深藏着多少的美好和善良

故国的历史被你倾出

四处流淌的河流从此不再回家乡

而你最初的文字像光一样打在我矮小的村庄

四千五百年了，林湖，你至今未老

你随手抛起的一片云朵

而今还在我们的头顶飘荡

四千五百年的光阴之水

洗净多少朝代的腐朽和冤屈

洗白了多少有情人的青丝长发

四千五百年的大地呀，你是

美丽兴化最初的开始和恒久的未来

乌巾荡

众水之上，我是你蚌中之珠

而我的前生则是一粒远来的沙子

精忠报国的将军，请抛开你染血的头巾

我看到了你瞳仁里愚昧的杀气

我的祖先一定是远方高贵的公侯

我的祖父眼睛里总流淌着怀念的迷茫

乌巾荡就是我记忆里的一叶残荷

我的童年像一只蜻蜓，独立在带刺的茎头

浣洗的丝绸是古老的早晨唯一的天幕

洗衣女就是开启天幕的人

你是浩淼无边的圣水，担水人每天

都为我献上清粼粼的甘泉

跃出水面的白鱼，是深藏在水底的

闪电，照亮了我的想象

我生命中原始的血气，在那个夜晚

鬼魅一般在城市上空逡巡

白浪接天，尘埃一样细微的水鸟

为难得的宁静轻声朗读

我听到了我的祖先在草原上的声音

还听出了我的爱好、特长和未来

相术士说出第一滴水的奥秘

我们无法知道水是怎样开始演奏的

泪水的灵光和苦难的恩泽

追赶着一个没有故乡的人

风吹过，雨淋过，太阳照彻之后

再次被黑夜隐藏

乌巾荡在许多年以后

已经成为记忆中一块淡淡的水渍

梓辛河

我的血脉是你的支流
你哺育了我缄默懵懂的少年
在你侧身而立的树冠上
有我一生无法企及的高度
炊烟袅袅，那座叫作乌金的村庄
就是我生长期唯一的新衣裳
我记得它淡青的颜色
和两只长过指尖的袖笼
覆盖着我露水一样短暂的秘密
信风从初夏的南方吹过来
认真嗅一嗅，我辨得出你潮湿的味道
像白糖茶一样沁入我的梦乡
我在梦里追问，潮湿的风，跟梓辛河
到底有没有关系？

将两千条河流随意划落在原始的大地上
从此，你便拥有了偾张的经络
你旺盛的生命生长着草木、谷物
也繁衍着一切生物和他们的爱恨悲喜
梓辛河，你这不落蒂的脐带在为我
输送着不息的品质、坚毅的信念和健康的营养

你的波浪从落日的边缘翻卷而来
你的微风从河床的底部娉婷而上
每一张荷叶的后面，你都能看到我
纯净的如同婴儿一般的脸
每一声蛙鸣里，你都能听到我
少年时代欲望的征战和惨烈

你孪生的姐妹叫子婴河
还有潼河、东唐港、蚌蜓河、雌港、雄港
她们都是你的同胞之河
你们以最柔软的姿态和最纯粹的胴体
描绘着母乳最丰润的温爱

沙　沟

带着诗歌，提着灯盏，坐在昏暗的船舱里
我知道，天完全黑下来之后
我就会抵达你——沙沟
在这个偏僻而宁静的小镇
秦砖汉瓦闪烁着幽暗的光芒
青石板的后街上，隐隐传来胡琴的声音
在这样的时分，世界，是多么累赘

秋天，沙沟好象总是秋天
一排排蒲草是秋天的一队孩子

我从他们中间侧身而过
我听到了他们的歌声里满是波浪的声音
风吹过来，沙沙、沙沙的
巨大的天空布满云朵，低低的
像一则出没无常的民间传说

水位在一夜之间上涨了许多
低洼的良田以湖泊的面目出现
随之荒芜的还有恒久的岁月

气候在一天天的改变
而你檐下的雨滴一直击打着我的孤单
我相信，这世界上最好的朋友
应该是天上的乌云
和门前的细雨

操场东边的合欢树依然守望着每一个黄昏
大士禅林的菩提，周身散发着天光
你看看星星一颗一颗地坠落
你看看背负行囊的人一个一个地远去
还有心里的火车一列一列地开走

沙沟，你在我心里只剩下名字

里下河平原的颂歌

里下河平原，母亲的平原！

沉默寡言的母亲，青春永驻的母亲，

我们爱你，我们依恋你，

你是我们的过去，也是我们的未来。

两千三百平方千米的锦绣平原，

四千五百多年的文明历史，

母亲，你是激情的赞歌，

你承接天地晶莹碧透的纯净，

你托举岁月浩瀚无垠的稳健，

你又呈现着里下河平原的钟灵毓秀。

得胜湖水奔腾万年，

滋养着先民的村庄，

哺育了平原上不息的生灵，

南荡文化，就是江淮大地上最初的火种，

从此，这片水网如织的大地，

这片沃野无垠的大地，

在母亲的翼下日夜兼程，

为未来奉献圣洁的天粮。

芦花年年盛开，

湖水永不干涸，

田野跳动起丰收的舞蹈，

夕阳、炊烟以写意的方式歌颂和平安宁。

吴楚共生的大地呀，

金戈铁马在深邃的记忆中时隐时现，

只有魁梧而又仁厚的昭阳将军，

在那个寒铎如诉的夜晚，

听到了平原深处忧伤的叹息。

用玉帛收藏起号角，

让牛羊拥有肥美的青草，

教冬天围绕着火炉，从此，不再征战。

里下河平原，母亲的平原！

你长袖之下是盈盈的湖水和丰沛的河流，

你挥手之间是万顷葱绿和四季吉祥，

母亲，你膝下的一草一木都是对你的颂扬。

岁月的河流奔腾浩荡，

你背负着你的儿女生生息息。

煮海为盐，黄海的潮汐作证，

在大汉帝国的版图上，

先民的号子振聋发聩，

生活才变得有滋有味。

昌兴教化，长江的涛声作证，

在盛唐治下的光环里，

儒雅之风扑面而来，
温良恭俭让书写着祖先的高贵。

为了你呀，母亲的里下河平原，
一代又一代儿女总是把歌声奉献给上苍，
把快乐奉献给广袤平坦的大地，
把不朽的祝福敬献给充满诱惑的明天。

往事如烟，往事并不如烟!
范公堤绵延一千年，
丰收的歌舞也就狂欢了一千年。
梁山泊已经谢幕了刀光剑影，
而一百单八将仍然威震世代江湖。
旗杆荡里鼓声依稀，
精忠报国的鲜血浇灌着疼痛的土地。
清王朝的歌舞升平
覆盖不住山野竹林的一片呻吟，
板桥先生是一个民族的气节，
更是一个时代的良心。

里下河平原，隐忍的母亲，
月光如水，光阴如幻，
是先人的骨头强劲了我们的体质，
是先人的智慧丰富了我们的思想。

太阳依然每天照耀，

照耀着水牛和风车的村庄，

照耀着奔流不息的幸福河。

歌声照常在天空传唱，

感恩上苍数千年的慷慨赠予，

祝福大地一如既往的无私奉献。

里下河平原，我们的母亲，

你是田田的荷叶，

你是浑厚的城墙，

你是古老与现代完美的聚集。

里下河平原，我们的母亲，

你承载着水乡泽国幽幽千年的文明梦想，

你谱写着世世代代共同期待的华丽乐章。

跋：到此一游

1

人生在世，这样说的时候，我是多么颓废。
人生显得很无奈。

2

人生无奈，而尤其无奈的是，在众多人生选择里，抓周一样
抓到了诗歌，一辈子的下下签。

3

好吧，跟诗混到一起，就等于是跟前世、跟未来纠缠在一起。
既要趁着夜色往生，又要心系黎明。
诗者就是一个人的云游，在天地之间，在万象之中，在善恶、
美丑、坚硬和柔软、天使与魔鬼之缝隙，形单影只，踽踽独行。

4

纸就是诗者的世界。

想象就是等待心中的神祇由此路过。

我们的生活，甚至整个宇宙，我确信没有一处空白，包括我们看不见的世界。

5

我一直都在反抗。

我不知道压迫来自何方。

6

结伴而行的人越来越少，像沙子一样回到沙漠，沙子和沙漠久别重逢，但它们没有泪水可流，而我是一阵风，只有芨芨草看到了，我总在路上。

7

在路上就等于在号叫。

8

星光穿过你的黑发 / 以一支明亮的编队 / 紧密地聚集在一起 / 如此笔直，如此神速 / 来吧，让我用那只大锡盆为你洗发 / 它打碎了，像月光一样闪烁无定

作者叫伊丽莎白·毕肖普。

她用诗歌的方式教会了我怎样看地图。

9

由此，我爱上了一些词，瀑布，岛屿，丛林，

也爱上了，遗址，残垣断壁，还有，悬崖，未解之谜，无人区。

我能告诉你的，除了风景，还有我内心的疼痛，我的爱，我对短暂一生的隐讳。

10

世界很大，是因为我不知道有多大。

路很长，是因为你不知道有多长。

剥夺自身对尘世的想象的权利。绝对的孤独。人于是就掌握了尘世的真理。（法国人西蒙娜·薇依）

11

爱就不必带上幻觉。
那些裸露的，沧桑的，艰难的，没有尽头的。

12

未知阐释着先知。
已知就是雪地上的第一行足迹。

13

"行万里路，读万卷书。"但是，蚂蚁有没有自己的文字？
我曾经十分迷恋蚂蚁的世界，看它们搬家，如何越过那些对它们而言过于险峻的高度，过于宽广的水面，过于幽深的黑暗，还花一整天的时间，看它们械斗，场面惨烈，我甚至感觉到了脚下的土地轻轻摇晃，听到了蚂蚁的嘶喊。

14

你不可能行走于世界之外，你就行走于世界之内吧。
你不能折断钢铁，你就把它佩在腰间。
你不会仇恨，就学会拥抱。

15

以梦为马，

那么，梦呓就是诗。

世界上只有诗人这个行当是做梦的营生。

虽千万人，吾往矣。

不知其所之也。

16

有人把世界看成牢笼，有人把世界看成花园。

我不管这些。

到此一游。

17

感谢为我提供机会，出版此诗集的所有兄弟。

感谢一直鼓励我，包括哄着我，让我继续坚持写诗的兄弟。

18

感谢我的女儿为我写序，以今生父女之情，掩饰了我诗歌的
不足。

金 倜

2020 年 3 月 23 日凌晨

图书在版编目（CIP）数据

跫音 / 金倜著. — 北京：中国民族文化出版社有
限公司，2021.1
ISBN 978-7-5122-1419-4

Ⅰ.①跫…　Ⅱ.①金…　Ⅲ.①诗集－中国－当代
Ⅳ.①I227

中国版本图书馆CIP数据核字（2020）第257650号

跫音

作　　者：金　倜
责任编辑：张　宇
出　版　者：中国民族文化出版社　　地址：北京东城区和平里北街14号
　　　　　　邮编：100013　联系电话：010-84250639　64211754（传真）
印　　装：三河市金元印装有限公司
开　　本：710mm×1000mm　1/16
印　　张：18
字　　数：210千
版　　次：2021年1月第1版第1次印刷
标准书号：ISBN 978-7-5122-1419-4
定　　价：68.00元